Sylvain Prudhomme
Par les routes

搭车人

〔法〕西尔万·普吕多姆 著
张昕 译

2019 法国
费米娜文学奖

上海文艺出版社

时间来去旋转，
日日月月年年。
我已不知何言：
惟余始终所愿。

旺塔杜的贝尔纳[1]

---

[1] Bernard de Ventadour（约1125—约1195），十二世纪普罗旺斯著名吟游诗人。

1

　　我重新见到搭车人是六七年前,在法国东南部的一座小城里,当时离我最后一次见他已过去了不止十五年。这期间,我虽然没有完全忘记他(搭车人不是能让人忘记的类型),但至少不再像更早的时候那样频繁地想起。我管他叫"搭车人",因为在我内心指向他的那些思绪中,他正是带着这个只有我才使用的外号一次又一次地出现,当然他对此一无所知。而这,不管是在重逢后密切来往的那几年,还是再后来身处异地、渐行渐远,但仍会继续想起他的那几年,就像回望一个路标——我因而很喜欢海员们的一个用语,从中可以听到适合我的那种五味杂陈,尽管在他们嘴里没有任何神秘之处,这个词就是:航标[1]。

　　当时,我刚刚搬到 V 城,就得知他也住在这里。

　　我离开了巴黎,想要开始一段新生活。我由衷地想换个环境。摧毁,重建:这就是我对未来数日、数月,甚或数年的打算。

　　当时,我即将步入不惑。很多年我一直在写书。在巴黎时,

---

[1] 法语 amer,词形和发音上与表示"苦"的形容词相同,但词源各异。

我在家里工作，出门消遣，再回家继续写作。我时常出去找事，事情也时常找上门来。我遇见很多人。有些人对我弥足珍贵。我陷入情网。我从中脱离。我不清楚人生的自然轨迹是否始于孤单一人、自给自足、四处流浪，然后慢慢建立更多联系，落脚，停留，建立家庭。如果确实如此，那我正逐步退化。我去的地方越来越近。我的爱情故事篇幅缩短。直到稀缺罕见。别人不再像从前那样容让着我。又或许，随着时间流逝，是我变得更缺乏耐心，更不会照顾别人了。

或许我变得漫不经心。或许这仅仅因为，爱情对我的吸引力正日益减少。

孤单一人并不让我害怕。我曾在孤独中享受过无数的快乐时光，当然，其间也交织着无数悲伤的时光。但归根结底，我总体上是个天性追求幸福享乐的人。

我痴迷于人生中的明暗分界线，同时也对它心存畏惧。那是一道无形的界限，延伸在生命的中段。一旦越过它，我们就不再成为，而只是简单地是。我们不再承诺。不再猜度自己明天敢或不敢做什么。我们的精力到底还够探索多少地方，我们到底还能拥抱多大的世界，在越过那道界限以后，这类问题都会有明确的答案。我们的寿限已然过半。我们的半数生活就在那里，留在我们身后。它们一一呈现，讲述着我们是谁，我们从怎样的过去走到此时此刻，我们曾经敢于或不敢怎样，我们为之劳苦、为之喜悦的都是什么。我们尽可以信誓旦旦地对自己说，一切还没尘埃落定，明天又将是新的一天，与此刻不同的真正自我还没有出现。要相信这样的说法越来越难。就算的确有人相信，这一崭新自我的期望寿命也只会逐日减少，与此同时，原来的我则逐日年长，因为不管当下发生什么，我们仍会在未来数年里保持原样。

我打算在V城度过一段平静的生活。简单。勤勉。我梦想着休息。梦想日光。梦想更真实的存在。我梦想着冲劲。梦想顺畅。梦想只花上几个礼拜的时间，轻轻松松就写好一本书。梦想在几个月的耐心等待以后，作为奖赏般骤然闪现的灵感。我已经准备好等待灵感。我喜欢勤恳劳苦的工作。顽强、执着、坚持、恒久……这些都是我发自内心欣赏的词汇。

我选择V城，因为它很小。因为人们说它美丽、宜居。因为我在那里只有两三个熟人，与他们来往能让我心情愉快，又不会过度耗损精力。那是我一个堂兄和他家人，他是高中老师，我很喜欢他，可是以前始终没有机会常常见面。此外就是些朋友的朋友，没有哪个是我必须要见的。

我想起自己曾经在V城停留过两三次，都是在夏季的周末。那时候的V城充斥着兴冲冲的夏日度假者。我很清楚，那只是它众多面孔之一。最具魅力、最平易近人的面孔。我那时就很想看到它的另一张面孔。漫漫冬夜的面孔。一月中凛冽青空的面孔。我已经见过人满为患的露天咖啡座，窗户大敞的楼宇。我那时就想知道它三个月以后的样子。到时候，所有人都已经离开。气温降到零度，日光照在冷清的广场和关门的咖啡馆。

那时，我渴望这种平静。我觉得，在 V 城，我大概可以再次学会集中注意力，找回已经睽违数年的艰苦度日的自觉性。恰到好处的一剂孤独终将让我重新站起来，重新振作精神，或许还将重获新生。

2

我本有可能要经过好几个月才会遇上搭车人——城市再小，同在那里的两位居民也不是天然就会立刻见到。

然而，最多只过了几个小时，好像这么久就已经足够了。

我是大约中午时分在V城火车站下的火车，全部行李只有两个包，里面装满书籍和衣服。那时是九月初，天气晴好。悬铃木刚开始落叶。树叶一片接一片地离开枝头，如同大片木屑似的，落在地上发出清晰的刮擦声。每起一阵风，它们都会在柏油路上沙沙作响。

我沿着一堵围墙一直走到了市中心。墙内是所中学，正值午间休息，里面闹闹哄哄。我见了房东。我在网上找到了他出租的带家具的房子。我们一起检查房屋情况，发现天花板上有一两条裂缝，商定每月通过转账支付租金，又去最近的露天咖啡座喝了一杯。然后，房东把钥匙留给了我，我看着他消失在街道尽头。

我重新回到楼上。我推开门，注视着新家的墙壁。单看网上的照片，这套两居室的镶木地板都好像在热情地迎接我。此时此刻，我却觉得这套两居室的天花板实在是太低了。

我看着青杏色的墙壁。这都是我亲手刷的,房东跟我见面的时候这样说道。就为了这样的绿色,而不是别的绿色,他不得不专门向伦敦的一个品牌订货。他讲述的时候相当骄傲。我看着餐桌上方直垂到头顶的分枝吊灯。天花板上变旧的装饰线脚。沉重的窗帘。远离唯一的窗户、抵在墙壁一处凹陷中的破旧变形的沙发。

我心想:我又重新变成学生了。

我微笑起来。

我把自己的东西放在角落里,快速打扫了卫生,用比以前更快的速度打了几个例行电话,电、煤气、网络连接。

我出去买了三趟东西,咖啡、意面、橄榄油、葡萄酒。

我回来了。我再次看向静止的四壁、静止的窗帘、静止的枝形吊灯和餐桌。我感受到四壁之间那团宁静。我听见镶木地板随着我的脚步吱嘎作响。我把买来的东西放在水槽边上。每次把买来的东西放在新厨房的工作台上,我总是满心欢喜。我听见购物袋最底下的瓶装橄榄油轻轻地磕着工作台。我辨认出那种熟悉的声音,购物袋放在厨房木桌面上的声音。我的厨房。

我心想:我会在这里过得很好。

我翻了翻抽屉,找出一把刀。我剥了几瓣大蒜,把它们切成碎末,放进橄榄油里炒到金黄。蒜香味飘了出来。我煮了一些意面,把它们沥干,倒进平底锅,跟橄榄油和蒜末混在一起。我看着那些长长的面条相互纠缠。我等着,直到它们的水分被烤干,蒜末和橄榄油的味道浸入面芯,直到它们变得像细细的树枝一样脆。

我把餐桌推到窗户底下。我坐下来。我吃了饭。我把平底锅里最后一点炒蒜末都吃得干干净净。我开始热咖啡。

然后,我立刻投入了工作。

我的新生活可是不等人的。

我在自己的电脑前一直坐到晚上,胸有成竹,全神贯注,备感幸福。

我心想:在这里的时间将会非常充实。在这里,每周都会像是一个月。

晚上六点左右,我接到了堂兄于连的电话,我之前跟他说过自己今天会到。他邀请我去他家里参加一个聚会。

我心想:不行。

还不是时候。

我回答:好的。

我又继续投入工作。

晚上九点左右,我冲了淋浴,从厨房里拿上了自己刚买回来的那瓶葡萄酒。

走到外面,我发现在九月的这个时候,天差不多已经全黑了。街上空荡荡的,只有几家饭店还开着。风刮得更猛了,外面很冷。我看到商店的卷帘门拉了下来,各处都有亮着灯的窗户,二楼有一家的天花板被电视画面映成了蓝绿色。透过底楼一户人家的玻璃,我看见有一家人围坐在桌旁吃晚饭。

我来到一座灯火通明的房子前。透过窗户，我看到厨房和客厅里都有站着的身影，我听见音响的音量被调到了最大。我的堂兄于连给我开了门。

萨沙。

他拥抱了我。

所以，你真来了啊。

他拉着我一直走到客厅，向我介绍他的伴侣安妮莎。他调低了音响的音量，高兴地向在场所有人说出了我的名字。

这是我堂弟萨沙。你们可要好好地欢迎他啊。

我还没来得及弄清自己要干什么，手里就已经拿上了一杯红酒，并开始跟安妮莎和让娜闲聊。让娜是于连在学校里的同事。我向她们讲述了自己今天刚来这里的情形。带着我那两袋子书和衣服，来到V城火车站。我的两居室和绿色的墙壁。我的蒜末煎意面。

她俩大笑起来。

我们一定会经常邀请你过来，不会让你总吃意面的。安妮莎说。

我看到让娜向我靠拢，我的讲述中那种初到时的形单影只让她听得津津有味。我猜她也独自一个人住。安妮莎留下我们单独交流。让娜向我讲起她刚来V城的情形。那是四五年前，在结束了布雷斯特附近的第一份教职之后。我告诉她我为什么来这里。我的愿望。与过去告别。集中精神。安心写作。

我们喝光了手里的酒,又再次把酒杯满上。她问我在接下来的书里打算写些什么。

然后,不知道她脑子里想了些什么。不知道我说了些什么,才会让她有了那样的想法。

哦,对了,这里有个人应该介绍给你认识。你跟他肯定合得来,我敢保证。他很有意思,有点儿疯,你以后会发现的,他也很爱书。他大概是四年前定居在 V 城的。

为什么我会立刻想到那个人是他。是因为有点儿疯这个描述吗。或者是她提到这个人最近才在这里定居。

我感到自己的血液在血管里震荡着。

你们真应该见个面,你们肯定会非常合拍的。让娜接着说。

然后,她说出了他的名字。

我尽可能保持镇定。她什么也没看出来。完全没意识到她的话瞬间让我心烦意乱。

你应该见见他们两个,他和他伴侣。不,他们三个。他们俩有个小男孩。他们非常棒。

我什么也没说。我暗自吞咽着这些消息。搭车人在这里,近在咫尺。搭车人有了伴。成了一个孩子的父亲。

就在这时,于连突然凑了过来。

老弟你怎么样呀,他们有没有好好照顾你呀。

他看到让娜站在我身边。他拿出一盒香烟,问我有没有人向我展示过这里的天台。我们三人一起走上又窄又陡的楼梯,走过二楼，三楼，走进了顶层的夜色。我们站在天台上，看着周围的屋顶，眼前的悬铃木枝干，头顶的星星，黑色的河水。

你在这里肯定过得不错。片刻沉默之后，我对于连说。

他轻声说是的。

你也一样。你肯定会喜欢V城的。你就等着瞧吧。

来吧，萨沙，这杯敬你。让娜举起了手中的酒杯。敬你的到来。

我们三个人碰了杯。

我看着屋顶上的月光，听着底楼传来的聚会的喧闹声。

我想到了搭车人，想到了那个寓言。有一天，我突然想起那个寓言，紧接着就要求他从我的生活里离开。在寓言里，铁罐并不想伤害陶罐，甚至真诚希望陶罐一直好好的。然而，由于一个错误的举动，铁罐让陶罐变成了碎片。一天，因为与铁罐摩擦过多，陶罐碎了。

面对命运，通常有两种选择：竭力反抗，或是顺从。愉悦地、庄严地接受命运，就好像从悬崖上纵身跃入深水。好就好，坏就坏，该怎样就怎样。

诚心所愿。所有宗教都或多或少有这句用语。在这样的顺从之中，始终隐藏着让我痴迷的某种力量。

阿门。

阿敏。

既然必须这样。

既然无论如何都应该这样。

3

第二天一早,我就给他打了电话。电话那边一阵沉默。

萨沙。

我对他说我就在这儿。说我刚到V城来定居了。

他又有好一会儿没说话。

你在这儿。真没想到。

我们都不再说话,我们都在等待。我们已经快二十年没见过面、也没说过一句话了。

你过来吧。他简单地说道。

你说什么。

现在就来吧。到我家里来。还等什么呢。

他的声音没有变。尽管很惊讶,他还是保持着平静。

过来吧。玛丽和亚古斯丁都在家。今天是星期日,你能见到每个人。

我把电话放在一张圆凳上,看着我周围的绿色墙壁。我心想,我得去买几把椅子。我的新生活再怎么孤独,现在这两把恐怕很快就不够用了。

我看着晨光穿过窗户，落在镶木地板上，制造出一个很大的金色光斑。我看着之前没有注意到的灰尘，因为我昨天太急于开始工作。我弯下腰，用指腹摸了摸踢脚板。我的食指指尖立刻罩上了一层黑灰。我在楼梯下面的储藏室里找到了吸尘器。我出门去买了消毒液、玻璃清洁剂、吸尘器用的新口袋、海绵，还有一个粗布拖把。我给地板吸尘。我擦净玻璃。我擦亮地板。我冲洗拖把。公寓里的空气变得洁净起来。

我看了一眼自从昨天起就放在餐桌上的电脑，它仍然开着。

我心想，我可以稍后再工作。

透过重新变干净的窗户，我观察着对面的公寓。敞开的窗户里是位于楼角的一间小书房，白色的墙壁，堆满书的架子。

我心想，这个房间应该很适合工作。对面的邻居应该很不错，因为他们这么喜欢书。

我给自己煮了咖啡。咖啡壶里的香气跟消毒液的味道混在了一起。我暗想，它们会不会起化学反应。不知道消毒液的味道会不会让咖啡变味。我把咖啡倒进一个大杯子，我把杯子凑近唇边。我觉得咖啡的味道很奇怪。我又喝了第二口，接着是第三口。我闻不到消毒水的味道了。

我打开自己的两件行李，拿出我的衣服。两条牛仔裤、三件T恤、一件衬衫、几条短裤、几双袜子。这就是全部。我把它们放在公寓里唯一的搁架上，很显眼的位置。可以随时拿来穿。就像我在陌生地方住上几天时总会做的那样。朋友家里，或是旅店房间。我欣慰地看着这些精简后的衣物，将将够穿，足够替换。我从中看到了我正在走上正轨的信号。走向我想要的生活。整齐。节制。充实。

我继续翻着行李，从里面拿出二十几本带过来的书。托马斯·伯恩哈德的《修正》。比拉-马塔斯的《便携式文学简史》。克洛德·西蒙的《农事诗》，我一直都觉得再没有哪本书比它更充实，更具旺盛的生命力，冬季里静止的列车、爆炸的炮弹、麦浪起伏的田野、黑夜里在冻僵的马背上的等待在其中满溢直至饱和。加西亚·马尔克斯的《没有人给他写信的上校》，故事里那个陷于惨苦的老人一直等待，等待久久不至的老兵生活费——他宁可饿死，也不愿意放弃自己仅存的骄傲：一只斗鸡。弗朗西斯·蓬热的《为了一种玛莱伯》，在垂头丧气的日子里，只要随手翻阅这本书就能让我精神一振，充满决心与信念："我们去了海边（距离冈城十三公里）：我们看到那汹涌苦涩的浪涛，看到沙丘上的植物愤怒地抵御烈风，但除了扎根于沙毫无其他依凭。我们既是大海也是沙丘，并且完全有能力做到这样。我们必将利用自己在十月一日和二日的愤怒，来找到必需的语气，取得话语，留住话语。我们，迷失在人群中。我们，坐三等座旅行。我们不知道如何生活，也没有心情流浪漂泊。"

我把它们一本本放到搁架上，摆在视线的高度，一眼就能看到的地方。这样，每次从搁架前经过的时候，它们都会竭尽全力地提醒我，呼唤我，刺痛我，命令我，让我服从约束，投入工作。

我终于把行李清空了。我看着我的全部家当，阳光中整齐堆放在面前，随时可以取用。那是我刻意最大幅度精简的成果，就像外科医生手术前备好器械。我心想，简约确实能让人看得更透彻。生活得更好。搬家更容易，创作更容易，做决定更容易。这就是我的人生。我享受着这样的念头。过去四十年的混乱日子精简为一架子的东西。

我翻出走到哪儿都带着的法国地图，用图钉固定在墙上。我在地图上重走了一遍昨天坐火车经过的路。巴黎是所有道路的聚合点，而后沿着罗讷河谷南下，仅仅几个小时的高铁，穿过那些绿色、黄色、橙色的区域，最后来到 V 城，地图上偏僻的一个小点。

我心想，你现在就在这儿了。地图上的这个小点就是你住的地方。在这个名叫 V 城的黑点上的某个地方，还存在着另一个点，它代表着更加微不足道的你自己。

接着，我又想到，在这个点上的某个地方，也存在着代表搭车人的那个点。我扫视地图的其他部分，清楚地看到大片空白的区域，我的目光逡巡在数千个其他黑点上，我们当中的某一个原本也可能决定去那些黑点生活。我心想，这真的很疯狂。得是多么不同寻常的巧合，我们俩才会在这里相遇。或者也可能并不是巧合，而是别的什么。我设想自己就是搭车人。我想象着他在得知我来到这里的时候会作何感想。他的第一反应肯定会认为我是来找他的。我这次搬家完全是为了他。

我想到了李·奥斯瓦尔德。他来到顶楼，拿出步枪，准备刺杀肯尼迪。我想到所有职业杀手即将动手之前的那些时刻。他们的冷静。他们准确无误的动作。他们对伏击点的精挑细选。他们有条不紊地整理物品。一切准备都是为了在那一刻到来的时候，让事情走向完美。

<u>生活吧</u>，搭车人过去总是这样对我说，生活，然后你才能写作。

别让这阳光灿烂的好日子白白溜走啊。每当他看到我坐在电脑前的时候都会这样说。就算他良心发现没有这样说，我也知道他正在这样想。他的举动也在对我这样说。他不叫上我自己去游泳。他不叫上我自己去散步。他不叫上我自己去酒吧，然后又在那里认识了陌生人。

我喝完最后一口咖啡。我在架子上看到了最后一刻才塞进行李里的一本书。离开巴黎那个小房间之前，我花了好几天清空各种架子，结果在动身的前一刻找到了这本小书。它的书名是《搭便车！漫画搭车客实用指南》。我从架子上拿起它，随便翻阅了前几页。文字作者伊夫-盖伊·贝热斯，插画作者桑贝。我想起二十年前，在巴黎南部一处广场集市的棚盖底下，把它卖给我的那个旧书商。

我仿佛又看见自己手里拿着这份战利品，将它递给了搭车人。我回想起他接过这本书时的样子。二十岁的他，嘴角露出的微笑。

一本关于搭车的书。为什么不是一本关于好好走路的书，或是一本关于好好躺下睡觉的书。

我开始翻看。我欣赏它那饱含深意的题献："献给法国国家铁路公司，谨致敬意与同情。"我随意浏览，不时停下来阅读其中某一段："我可以保证，就我个人而言，我是个司机爱好者。我这辈子已经用过三千多个司机了。"我读到巴黎"竖起拇指"协会的故事。1950年代末，这家协会构思了一个令人赞叹的方案，通过分类小广告来方便搭车人与司机之间的联系，堪称现代拼车网站名副其实的鼻祖。

我感到自己的羞耻在转移，在改变对象。过去的羞耻被当下的羞耻所取代。为曾经因为这本还不错的书脸红感到羞耻。为曾经担心搭车人如何评判它感到羞耻。我想今天他说不定是第一个喜欢这本书的人。

我把书夹在胳膊底下。我出了门。

4

外面，广场上空无一人。喷泉酒吧的金属桌子闪闪发亮。悬铃木叶子铺满了水泥地面，被昨晚的雨水浸湿，变得如同潮湿扁平的硬纸板，踩在上面丝毫没有声音。空气很清新，感觉很好。铝制椅子的扶手上，水滴闪闪发光。闭合的遮阳伞被风吹得哗啦作响。云朵洁白。跃动的阳光同时向各处散射开来。下水道的格栅发出微光。悬铃木的树干颜色深暗，路沿的护桩被秋日雨水刷洗得一干二净。

我沿着马路向下走，经过关闭的店铺。我发现远处的面包店正是清晨忙碌的时刻，不断有人从自动滑门里进进出出，购买了长棍或羊角面包的顾客络绎不绝。我走进温热的香气中，买了一个意式橄榄薄面包。我把这块又轻又宽的扁面饼平举在眼前。我闻到它那油腻的味道，甚至有点让人反胃。我看到和在面中的无数百里香碎叶，压碎的橄榄犹如黑色污点，几乎呈酱状。棕褐色的包装纸已经沾上了油。

我来到搭车人的家门前。我看着那条再普通不过的小路。对面是幼儿园。房子的正门是木头的，外加一层没什么特色的铁门。我按了门铃。门开了。一个孩子探出了脑袋。大约八岁。或者九岁。我向来不太擅长猜测孩子的年龄。黑头发，黑眼睛，跟他的父亲一样。我想拽开铁门，但它纹丝不动。孩子和我，我们两个人站在原地，在金属栅栏两侧相互打量着。

你好啊。

你好。

你叫什么名字。

亚古斯丁。你呢。

萨沙。

孩子转过身，大声喊他父亲。

我看见搭车人的身影出现在走廊里，朝正门走来。他对我露出了微笑。

他伸手指了指铁门。

我们今早还没出去过，不好意思。

他把门锁转了两圈。我借机看他，仔细地观察他的面孔。只是稍微变老了的脸。悄然深邃起来的面部线条。更具男性气概。颧骨和鼻梁更突出。额头更宽。更有男人味。穿着跟过去一样，没有任何多余的东西，简单的牛仔裤，领口系扣的套头羊毛衫，朴素的优雅。

你好，萨沙。进来吧。

孩子爬到铁门的一半高度，开心地扒在门上荡来荡去，从门口到墙边，来来回回。

好了，亚古斯丁，过来。

孩子还挂在门上自娱自乐，就好像没听见他的话。

好了，亚古斯丁，马上过来。

这一次他过来了，搭车人伸出一只手摸了摸他的头发，看着他从我们之间钻过去，回到客厅里继续玩耍。

真是好久不见啊。

我的目光随意浏览着那些用图钉固定在墙上的画。其中一些是孩子画的，画里有龙，火山，充满了隧道、绳梯和洞穴的地底世界。另一些是成年人画的。我停在文字紧凑的几张书页上随意勾勒出来的一只水墨蜘蛛跟前。

你呢，还没有孩子吗。

我微笑着耸了耸肩。

没有孩子，有一阵子没有真正的爱情了。空窗期。

他大笑起来。

走吧，我带你去见见玛丽。

他带着我一直走到厨房。透过那里的玻璃，我看见了花园。古老的石墙。两棵柏树。一大棵月桂郁郁葱葱。窗前有两大丛白色蔷薇，枝干被雨水打得东倒西歪，花瓣上盛满了水珠，叶子闪闪发亮。

很漂亮。我说。

我们刚来的时候就是这样。之前的租客痴迷于各种植物。

我知道他这样说是为了向我强调一个词：租客。让我不至于产生误解。

他往前走了几步，走到花园中间，仰起头看着我们正上方的窗户。我顺着他的目光看过去，看见玛丽坐在二楼窗前的一张小书桌后面。

玛丽，这位是萨沙。

玛丽压下电脑屏幕，从窗口探出身子，看向我们。她对我微笑。

你好，萨沙。你们去喝杯咖啡吧，我就来，马上就弄完了。大概十五分钟左右。

咖啡或者散步。搭车人看着天空提议道。看起来要放晴了，我们出去走走怎么样。亚古斯丁，咱们带萨沙去看水渠好不好。

孩子穿上鞋子，我们三人一起出了门。

我们走过几条小路，一直走到了大道上。我们从高架铁路桥下走过，又沿着一条小水渠继续往前走，来到一片已经有些年头的住宅区，大部分沿街的花园里都种着很高的树。

渐渐地，房屋变得稀疏起来。我们走过一个足球场，离开了城区。水道变宽了。小路上不再铺着水泥。我们脚下的沙砾变成了野草、泥土和一些泥泞的水坑。周围的景色很开阔。花园。果园。或许有一天终将被城市吞没的休耕地。

亚古斯丁在路上发现了一个蚂蚁窝，它已经被昨晚持续的降雨砸坏了。他弯下腰，往前探着身子，用几根草茎鼓捣着蚁穴的入口。

你在这里过得还顺心吗。我和搭车人又往前走了十几米，我趁机问他。

他看着前方，点头表示同意。

总体来说是的。

你们的生活很不错。

他说是的。

这并不意味着从来没有感到喘不过气的时候，就像所有人一样，有时候也想改变，离开。但是总体来说，我们过得很好。

低处，水面上长满了芦苇。硕大的蜻蜓紧贴着水面飞来飞去，在某根粗大的茎秆上略停片刻，又重新飞起，它们蓝色的翅膀在寂静中发出嗡嗡的震动声。植物丛中东一个西一个地漂着塑料瓶。

我们回头看去，发现亚古斯丁正绷直脚尖，伸向草丛中的某个地方。

他在干嘛呢。

我看见那个孩子伸出脚，触碰一棵植物，被一声爆响惊得一跳。

怎么回事。

种子炸弹。搭车人说。我也不知道它的学名，不过你看着，它特别有意思。

他找到一个膨大的球状物，用鞋尖轻轻碰了碰。那个小球爆开了，发出类似鞭炮的声音，迸出来的种子飞过我们头顶。

他放声大笑。

你看，特别好玩。不过刚下过雨。通常会比这个还要响。

我看着他，马上就要四十岁的孩子，过了那么多年，仍然这样爱玩。我心想，归根结底，我终于发现他还是他。租下一座房子，不再是公寓。成了父亲。但继续释放出快乐而冲动的天性，既引人着迷，又无法预料。

我们三个继续往前走。城市渐渐远去。泥土和湿草的气息愈发浓烈。我转过身，看见几座塔楼。总主教府。以前的高中。还有在建的一座，耀眼，巨大，已然成形。

我感到他有所犹豫。

我读了你的上一本书。

他用愉快的语调说出这句话，真诚而友好。

我的血液开始震荡，就好像等着断头台上的铡刀落下。

很好看。特别好看。我很喜欢。

我呼出一口气。我感谢了他。我等待着，看他是否还有下文。三言两语话锋一转或许就会把最初评判里的友善打消无形。

并没有话锋一转。

玛丽也看了。我想我们应该买了你的每一本小说。它们一出来我们就第一时间去找。我每次都会想，你到底是怎么写的。我就写不来。坐在桌子前面，连续几个小时地敲打电脑，这些都跟我无缘。以前的时候，我记得，我看着你连续工作几个小时都不起身，我那时候就想：他可真够疯狂的。我觉得我绝对做不到，我的整个身体都拒绝这种事。我羡慕你。

我摇了摇头表示反对。远处有辆拖拉机的引擎发动起来。我们看见那台拖拉机犁过天边的一块地,偶尔磕磕绊绊地跌进一条小沟,更卖力地往前开,就像一只摇来晃去的金龟子。

你呢。搭车人问道。

我什么。

你过得怎么样。你幸福吗。

我感到自己毫无防备。无法回答。

我说是的。我想是的,还算幸福吧。

我看到他点了点头。我看到他由衷地为我高兴。就好像我的答案对他来说已经足够。就好像他并不怀疑它的真实性。

我想,这种事很难确定。我微笑着说。

没错,这些词有点儿蠢,幸福,不幸。我很抱歉。

确实有点儿蠢,但有时候我们也确实知道。

我同意,他沉吟了一会儿说,我们确实知道。

我看得出,我的话触动了他。这句话让他反思自己,远超我的初衷。

我转过身,打量着此刻位于身后很远处的城市里的高楼。它们远得难以置信,我们差不多只走了二十分钟。

亚古斯丁跑向我们。

爸爸,你看。

他张开手掌,举起一只巨大的蚱蜢。

我看着那只昆虫,细细的脚,腿上的尖刺,触须,鞘翅。所有这些都在一个九岁孩子的掌心里。他没表现出一秒钟的害怕。

我能把它带回家吗。

你想带就可以带,亚古斯丁。

我暗想,我几乎总是听见搭车人说"好"。一切都"好"。各种各样的邀请。各种各样的见面。我觉得"不好"也很好。要是我当初觉得什么都"好",那我根本就不会当作家。

一阵沉默。我从口袋里拿出那本搭车指南。

给你。清空公寓的时候,我从架子上找到了这本书。

他拿过那本书,立刻开始翻阅。他偶然看到作者将搭车比作钓鱼的段落,脸上露出了微笑:"同样的耐心,甩动手腕时同样的巧劲,同样不能一蹴而就。得手后同样的快乐。"

他大声朗读:"有些路上能拦到凯迪拉克,就像有些河里能钓到白斑狗鱼。"

我们大笑起来。他想要把书还给我。我推开了他的手。

留着吧,这是给你的。

你确定。

纪念那些我们一起上路的日子。

他点点头,表示感谢。

我在想,那些搭车旅行什么的,现在还行得通吗。

当然行得通。他笃定地回答。

过了一会儿,他补充说:一直行得通的。

我看着他的脸,揣摩着他真正想说的话。

你现在还会这样做吗。我问道。

偶尔。他平静地回答，肯定不是三个人一起出去的时候，我们通常会开玛丽的车。不过，有时候我会独自出门。

他转过身，看见亚古斯丁落在我们身后一百多米远的地方，于是将双手拢在嘴边大声喊：亚古斯丁！我们等着小家伙沿我们走过的路追上来，他像只活蹦乱跳的麻雀，不时停下来捡起一颗卵石或是一只蜗牛。

我们继续往前走。我等着他自己继续往下说，坚信这场对话应该不会就此结束。

现在甚至比以前任何时候都行得通。跟我们想的相反，条件从没像现在这样好。汽车数量更多，更舒服，也更快。几乎完全没有竞争。

我仔细观察他的神色。那张脸上露出跟过去一样的狡黠。我笑了。

最疯狂的事情在于，就连那些停了车的司机也对此表示怀疑。我已经坐上了他们的车，他们还在特别严肃地问我：哎，搭车这回事儿现在还行得通吗？

他弯下腰，捡起一个空蜗牛壳，往里吹了口气，然后把它放进口袋。

那你去哪儿呢。我问道。你出门是要去什么地方。

他看起来有些犹豫。

通常我去巴黎打个来回。或是去里尔。布雷斯特。贝桑松。

我试着有所变化。

你到每个地方都有事要办吗。

不一定。他耸了耸肩回答道。有时候有，有时候没有。我走高速公路，从一个服务区到另一个服务区。我会跟司机们说实话。说事实上我并不怎么在乎到底要去哪儿。巴黎、里尔还是布雷斯特，对我来说都无所谓。我这么做是为了找乐子。

找乐子。

我觉得应该是这样。既然我每次都会回来。既然每过一段时间我就又有这样的念头，想要离开。

我尝试想象这种场景，四十岁的搭车人，出于乐趣来到路上，在香槟或是勃艮第的高速公路服务区加油站旁边伸出拇指。

那么，当你跟他们说实话的时候，他们怎么回答呢。

有人觉得好玩。有人觉得我瞎扯。有人认为我的脑子有点儿不正常。

有人心想自己碰到了一个心理变态。我大笑起来。

确实有这样想的。

我们都沉默了片刻。

他们不会让你下车吗。

我不会马上跟他们说实话。我由着让他们重新启动车子。我等他们离开高速公路服务区，重新锁好车门。等到他们的车速再次达到每小时一百三十公里，外面的田野飞速掠过，护栏就像在奔驰，一块块蓝色指示牌扑面而来。等到这时候，我才跟他们说实话。我说,我是专门来等他们的。通常会有一段空白。我看着他们有的盯着GPS导航器上剩余路程所需要的时间,有的开始寻找指示下一个出口的标志牌。我试着让他们放轻松。我跟他们说,我觉得他们让我上车的举动很值得敬佩。我说,在我看来,打开车门,让一个十足的陌生人上车,是最高等级善意的体现。突然跟个生人只相距三十厘米却丝毫不怕,哪怕全然不知他是不是讨喜,是不是跟自己看法一致,是不是好闻,完全不管坐在副驾驶位上、跟他们只隔着手刹杆的这么个七十公斤的人会让自己感到愉快还是厌烦。我跟他们说,我真想尽可能多地遇到像他们这样的人,能做出如此善举的人。

这时候,亚古斯丁被谈话吸引,跑到了我们身畔。他跟在极近的地方,侧耳细听。搭车人从口袋里拿出那个蜗牛壳,递给了他。亚古斯丁一言不发,把蜗牛壳握在了手心里。我不知道搭车人是不是想转移话题,避免在儿子跟前继续说起这些。然而,他几乎立刻就接着说了下去。

通常他们会小声对我说,有一款拼车软件叫作BlaBlaCar。他们会问我为什么不在网上发个帖子呢。通过那个平台也能遇到不少好司机,他们这样说。他们有点儿不自在,他们以为是钱的问题。我跟他们说不是的。我告诉他们,我已经用过那个软件了,确实很方便,只不过跟路边搭车是不一样的。因为在那个平台上,我们相互选择。因为我们会约个地方见面。因为从一开始,双方就知道自己最终能得到什么好处,时间或是金钱。

我们走到了小路的尽头。前方不远,路堤被道路截断。下面就是环城路,汽车以每小时九十公里的速度飞驰而过。亚古斯丁坐在了路堤的侧坡上。搭车人和我一屁股坐到草地里,朝着车流伸直双腿。我们望向快速路另一边与路面齐平的农地。一片一片,都用黑色塑料篷布遮着。有一块地上是温室,透明的塑料棚形成了好多条长长的隧道。更远处是大型商超的预制板房。

一辆鲜红的菲亚特 Punto 沿着环城路飞快地开过来,怒气冲冲,引擎轰鸣,又迅速远去。我们有足够的时间看着它驶近,端详方向盘后面那位上了年纪的女士的面孔。我们看见她抬眼投来一瞥,那表情仿佛在问我们在那里搞什么鬼。又出现了另一辆汽车,是黑色跑车,车载音乐开到最大。开车的是个穿运动服的年轻人,他举起一只手,像是在打招呼,朝我们用力地按了一声喇叭以示欣赏。

搭车人紧靠在我旁边。

这就是普罗旺斯。你觉得怎么样。

我看着路堤底下丢弃的啤酒瓶和吃空的披萨饼盒,又抬起头扫视四周。我听见一辆开过来的汽车的轰鸣声。

你们经常来吧。我问道。

每天放学以后都来。他大笑着回答。不,这当然是第一次来。我们从来没走过这么远。

又一辆汽车开了过来。司机与我们久久地对视。眼神严厉。对我们在这种地方闲逛极为愤慨。

咱们把所有人都吓着了。

搭车人又等了一辆车,像是要验证一下我们的影响力。

这一回,车上的司机头都不抬地开了过去。

反正也该走了。咱们得回去了,今天该我做饭。

亚古斯丁站起来,掸掉短裤和T恤上的灰土。一片草叶还留在他的头发上。

就做西红柿沙拉,你们觉得怎么样。

亚古斯丁说好呀。

你呢,萨沙。

我犹豫着,没有回答。亚古斯丁抬头看着我,认真地等着我的答案。

西红柿,你也同意,萨沙。

搭车人笑了笑。

你看,你没得选择。

5

　　那天，我整个下午都待在他家。我曾经需要斩断这些联系。那个星期日，我意识到它可能始终存在，那种联系。我们之间的心领神会。对彼此想法的直觉。

　　我们带着亚古斯丁回来，看到玛丽正在厨房，西红柿已经切成肥嫩的厚片。烤箱在加热，里面飘出水果塔或披萨饼的香气。

　　你好，萨沙。见我进来，玛丽说道。了不起的萨沙。

　　我感到她凉润的脸颊贴上了我的脸。她的贴面礼中充满了活力和愉悦。我嗅到了她的发香，因为几分钟前刚冲过淋浴而微微带着湿意。

　　什么了不起啊，我微笑着说，根本没什么了不起的。

　　好啦，你们入席吧，差不多都好了。

　　我们把盘子和西红柿沙拉放在花园中间的小铁桌子上，又拉过来四把圆凳。我们各自倒了酒。我们品尝了西红柿沙拉。玛丽开心地转向我。

　　我看了你最新的那本书。他硬让我看的。她指着搭车人，大笑着对我说道。

我微笑着。他跟我说了。我很感动。

我们有好几本呢。玛丽继续说道。起码有两三本。

每本都有。搭车人做出一副生气的样子。我们每本都有。就连最早那本也有。

他这副被惹火的模样把玛丽逗笑了。她看着我们两个。

你们俩有多久没见过面了。

搭车人平静地盯着我。

很长时间了。他说道。多少年呢,我感觉差不多有十五年。

十六年。我跟着说。更确切地说,十七年。

十七年。玛丽惊呼起来。

我不知道他有没有把所有事都告诉她。不知道她是否了解当初让我们彼此疏远的原因。看起来没有。

不管怎么样,看到你们又在一起真好。

我们点头同意。亚古斯丁也看着我们,看起来像是要从眼前的场面中找到他妈妈所说的"真好"在哪里。我猜他可能要问我们为什么十七年都没有联系。他没想到要问,或者只是没敢问。

我又盛了一些西红柿沙拉,用更快的速度把它们全都吃掉了,还用小勺喝掉了汁水,连一滴也没剩。我的食欲让玛丽微笑起来。

听说你是意大利语翻译。我对她说道。

她点点头。

主要是小说。

刚才我来的时候,你就是在忙这个吧。

我刚开始翻译一本书。是罗多利最新的小说。你大概听说过他。马可·罗多利[1]。罗马人。

她从我的眼神中看出,我从来没听说过这个名字。

你从来没读过罗多利。

我说没有。透着可怜的"没有"。

她恶作剧似的继续打击我,信誓旦旦地跟我说罗多利是在世的最出色的意大利作家之一,甚至是在世的最出色的作家之一。她让我一定要读罗多利。还说我的生活或许会因此改变。没错,她说的就是我的生活。她说的时候,就像抛出一句广告词,让这次午餐得以在最热闹的气氛中开始。因为我们四个人都笑起来,为看到心情如此愉快的玛丽而高兴。

我问她这本书是关于什么的。

总是同样的事。流逝的日子。远去的时间。很简单,从来没有什么惊心动魄的东西。只有男人和女人,他们出生,长大,有所希望,变成大人,爱上,不再爱,放弃梦想,或者坚持梦想,变老。渐渐远去,被其他人所替代。

他还能再讲些什么呢。我说,这就是唯一需要讲述的东西。

搭车人站了起来。

你的披萨。

---

[1] Marco Lodoli(1956—),意大利作家。

隔着窗户,我们听见他急匆匆地过去打开烤箱,从里面拿出滚烫的模具。他带着那张摆满茄子和甜椒的薄薄的圆面饼走了回来,给我们每人分了一些。我感到肉质肥厚的茄子填满了我的嘴。甜椒的汁水充溢口腔,烫得我牙床生疼。

了不起。我说。

玛丽微笑起来。

茄子再稍微多烤一下就好了。搭车人说。

我们嘘了他,他看着我大笑起来。

萨沙,下回看我给你做个披萨。你就等着瞧吧。

我们为重逢干杯,有几秒钟的时间谁也没说话,四个人都为这种近乎家庭午餐的气氛而惊讶。为我这么快就在这张家庭餐桌上占据一席之地而惊讶。

我们一直走到了水渠的尽头。搭车人说道。到了头就走不通了,路堤被截断了。再过去就是环城路。

我们找到好多种子炸弹。亚古斯丁说。

隔了一会儿,玛丽看向我。

你的下一本书是讲什么的呢。

我犹豫起来。我不愿意在书写完之前说得太多,那样十有八九没法终篇。

我的问题可能太冒失了。

我回答没有。这个故事是关于一个老太太的,她在旅行,从一座城市到另一座城市,从一场相逢到另一场相逢。一个已经退休的老太太，不再有任何工作的束缚。没有丈夫。没有孩子。整天都可以按她自己的心意做事情。离开巴黎，远走，旅行。决定来 V 城居住。

总的来说，她就是你。

没错。只不过她在旅行，我没有。确实，这就是我人生的概况。你说得对，我就是个不旅行的孤单老太太。

亚古斯丁看着我大笑起来。玛丽沉默了片刻。

那她为什么是个老太太呢。你为什么不写一个跟我们同龄的女人。为什么不是个男人。为什么不是你自己。

我思考起来。

因为已经经历过很多的人对于生活的渴望更能打动我。他们本会变得迟钝、麻木。但是没有。火花始终都在。完好无损。

那你的老太太谈恋爱吗。玛丽问道。

我回答没有。

所以才是个老太太。玛丽故意激我。这就回避了情欲问题。

我大声反驳。我说我见过快一百岁的女人坠入情网。有些还有好几个情人。

那你的书里呢。玛丽说。

我的书里不是这样。世界才是我那位老太太的情人。她想拥抱的是整个世界。

一阵沉默。没人接茬。我觉得自己说的话愚蠢得不可思议。世界才是我那位老太太的情人，这种莫名其妙的话是什么意思啊。它有哪怕一丁点的意义吗。

亚古斯丁回了屋。搭车人、玛丽和我喝了咖啡,继续在花园里闲聊,随着那棵大月桂树的树影变化一直挪动着桌子。后来,一片乌云笼罩了天空。天色阴了下来。

这是信号。玛丽说道。好吧,我得继续工作了。

她上楼去了。搭车人站起来,对我说跟我来。过来,我给你看看我安顿好的书房。他带我来到厨房旁边的一个小房间门口。他推开装了玻璃的门,走进铺着水泥地面、类似车库的地方。我看见顺墙立着些架子,都是用最平常的木板和红砖搭成的。到处都放着书。一个架子上是小说。另一个是诗歌。再一个是随笔集——搭车人以前一直偏爱随笔。我又看向另几面墙,那里的架子上存放着工具、箱子、建筑材料、成袋的石膏和水泥。

我不知道他到底会在这间屋子里做些什么。这个小房间几乎没有窗户,九月的星期日已经很冷,冬天肯定像个冰窖。他到底会在这里度过怎样的时光呢。

你做很多装修工作吗。

有时候是的。我在工地干活儿。各种工程都做。我以前做过一段木工。没完没了。总有人打电话,一次比一次远。工期太长,我干够了。我开始做电工和管道工。现在我自己单干。我什么都干,砌墙,贴瓷砖,卫生间,厨房。再也没有老板来压榨。都过去了。

我看着他的双手。跟我从前看到的一样。或许比以前多了一些茧子。手掌稍微宽了一些。

他打开一个抽屉，拿出一个厚牛皮纸信封递给我。我把手伸进信封，指尖触到一些长方形的塑料小片。我摸索着抓住十几张，把它们从信封里拿出来看个究竟。

拍立得照片。一对老夫妻站在布列塔尼海滨的野营车前面。干瘦的卡车司机就像放久的木柴，坐在重型卡车的方向盘后面竖起拇指。大半夜的高速公路服务区停车场，有点壮的大胡子男人身穿粉红色的马球衫。上年纪的秃头男人，饱经风霜的皮肤，厚嘴唇，眉毛上挑，微笑着坐在双座小轿车方向盘后面。

这些是谁。我问道。

这些是我遇到的人。

让你搭车的那些人。

让我上了车的那些人。跟我共度一段时间的人。

你把他们都拍下来了。

我尽量。有时候我会忘记。或者他们停车的地方太危险，我只来得及跳下车，他们马上就得继续开走。但只要能拍照，我就会征求他们同意。

从来没人拒绝吗。

应该有过两三次，最多了。

我继续看着那数十张司机的面孔。

你拍了很多吗。我问道。

我不知道。大概两百张。三百张。我是从两年前开始的。

我的目光落在巴黎市中心的一张照片上。地铁水塔站，大清早，十字路口还空无一人。胡须打理得很整齐的大个子站在他的灰色宝马前面，树脂眼镜，有点板正的西装。

这个人啊，我是在大约凌晨三点钟遇到他的。照片里是七点钟，他刚把我放下。他不像是会让人搭车的主，可他真是拯救了我。当时是大半夜，我卡在昂热和勒芒中间的一个加油站，已经要绝望了。一辆车都没有，最多偶尔出现一群寻欢作乐的人，打算加了油再去夜总会。没人愿意载我。我已经无奈地打算在那儿过夜了。然后，他的车开了过来，有色玻璃，灰色的车漆完美无瑕。一个在日出前几个小时就起床的老板，打算在拂晓赶到巴黎，处理一处大型工地上刚刚发生的管道爆炸。我原本连一分钱都不可能押在他身上的，可他却立刻给我打开了车门。我几乎刚一坐下就睡死过去。他有理由很不高兴，但没有。等我醒过来，我们已经到了勒芒。最后一段路我们一直在聊天。六点半的时候我们到了凡尔赛门，因为时间还早，他很大方地把我送到了右岸。

我们看着其他的照片。疲惫地微笑的年轻人，仍然是夜里，朝着镜头举起一罐红牛，像是要碰杯，面孔被闪光灯照亮，红眼。开白色货车的男人，硬线条的下颌，身上是习惯寒冷的工人常穿的抓绒上衣。

这个人是在尼韦内省遇到的。他以前是锯木厂经理，转行做了自行车租赁。一路上他都在跟我说各种各样的树，告诉我它们的年龄，每个品种都能做什么，切割一棵山毛榉、冷杉或橡树各有多少损失，为了方便装船运到世界另一头而把树干削成方形的新方法会造成多少浪费。接着是我连想都没想过的各种秘密。通过洒水储存木头。做木桶的橡木板需要风干。把木头上的单宁洗掉需要不少工夫。做酒桶的带皮原木切割时要精确到毫米，通常是竖切，从上到下，沿着木头的纹路，需要花费的价钱会让你大吃一惊。

搭车人放下那张身穿抓绒上衣的人的照片，拿起了另外一张。照片上的人似笑非笑，满口坏牙，眼窝深陷，两颊上胡子拉碴，尽管如此，那双眼睛里还是有光。

这个人刚从塔拉斯孔的监狱里出来。来自圣洛朗迪瓦尔的茨冈人，父亲是卖废铁的。他给我讲了他父亲以前在废车场怎样用斧子把汽车变成一堆废铁，再把它们按重量卖掉。他跟我说他七八岁的时候曾经差点儿窒息死掉，因为在一片垃圾场里玩捉迷藏。他藏进了一台旧冰箱，门关上了打不开，他怎么叫也没有用，没人来找他。他听见他妈妈和姨妈声嘶力竭地叫他，扎比，扎比你在哪儿。他大叫着回应，用尽全力叫喊，但声音传不出去。最后他妈妈看见了他的一角围巾，夹在冰箱门外面。她在最后一刻救了他。他已经憋得脸都发青了。

搭车人不再说话了。

透过这间小书房唯一的窗户，我们看见亚古斯丁出现在花园里，他开始对着墙踢球。砰。每次皮球反弹回来尚未落地他又一脚踢出。砰。皮球每次都狠狠撞向石墙。

我的手指掠过堆放在小桌上的照片。

你能记住所有这些人。我问道。

记不住我们说过的所有的话,但能记住一些细节。我是否喜欢那个人。他谈论生活的方式。最后道别时的总体感受。对他所施援手的单纯感激,或是能够结识两小时的快乐。

没有多少女司机。我指出这一点。

对,是没多少。不过还是有几个的。

他在成堆的照片中翻找,拿出其中一张,那上面是个与我们同龄的女子,正在对他说再见。背景是成片的松树、油橄榄、圣栎和刺柏丛。那是地中海沿岸的某个地方。阳光很美,略带金色。临近傍晚的阳光。女子的皮肤异常白皙,头发非常黑。她挑衅地看向镜头,乐呵地摆着姿势,不惮于自嘲,太阳镜掉到鼻尖上,皱着眉。

她很漂亮。我说。

他把照片拿近书桌上的小灯,以便更好地看清她的面孔。

我从佩皮尼昂到尼斯一路都是坐她的车。她从西班牙过来,要到意大利去。博洛尼亚大学的文学老师。热爱洛博·安图内斯和克洛德·西蒙,还有你以前跟我絮絮叨叨地说过的那一大堆作家。你不怕让我这样的陌生人上车吗?有一刻我问她。她大笑起来。你以为呢。我会挑选他们的。要是我让你上了车,是因为我看到你,然后我对自己说:可以。这人可以,我喜欢这个人,我愿意跟他走一程。

他把照片递给我,让我看她。

我们一路都在聊天。聊生活。聊我们。我问了她一个问题,我问过所有司机的那个问题:该怎么办。列宁的问题。对列宁来说,这是一个单纯的策略问题,再具体也没有了。此时此地,1917年的俄罗斯,要夺取政权该怎么办。而我的这个问题是关于整个人生的,我对她说。在你看来到底该怎么办呢。关于生。关于死。关于爱。

搭车人笑了笑自己,又接着说下去。

我不记得她回答了什么。我只记得我很喜欢她说的话。她说话的方式。不夸大其词。不讲大道理。为我的问题远远大过我的个人存在而略加取笑。她刚读过斯宾诺莎的作品,这影响到了她。她告诉我说,斯宾诺莎认为我们每个人就像脆弱的小云朵,每时每刻都担心与别的云相撞然后烟消云散。她对我说,斯宾诺莎没有使用云朵这个意象,但她就是这样理解的。即使时间流逝,即使遇到各种各样的好事和坏事,也要让我们的小云朵保持完整。这就是生活。这意味着要成功地把所有小水珠聚在一起,让这些小水珠组成那朵云,也就是我们自己,不是任何别人。自从我读过斯宾诺莎,我就鼓励自己,她继续说道,我对自己说,加油,小云朵,avanti [1],勇敢地冲破世界,始终保持你这片小

---

[1] 意大利语:前进。

云朵的样子,永远要坚持做你自己,要做勇敢而独特的小云朵。有时候我会恋爱,她说,我遇到自己非常喜欢另一朵云,那朵云推我撞我,他的整体性扰乱了我的整体性,我们的某些部分无法控制地混在一起,我们俩都有些混乱了。我觉得幸福,我觉得悲伤,一切都搅成一团,我需要时间去适应这种新的状态。接着,我一点点地找回我自己,我重新获得了自身的意义。不管怎样我总算再次集齐了属于自己的部分。我这片小云朵重新上路了。

不错啊。我说。

是啊,是不错。

事实上你记得很清楚啊。

比我想的要清楚。他若有所思地说。

外面的天空放晴了。太阳重新出现,让绿草变得更加鲜艳。

我感到他在犹豫是否继续说下去。

那次旅途中发生过一件很美好的事情。安静片刻之后,他继续说道。有那么一刻,她离开了高速公路。我记得她当时说:我想带你去一个地方。她说话的语气平静、坚决,让我别无选择。我们来到卡西斯附近,我原本以为她想让我看看某个小海湾。但她开上了一条沿着山坡而上的小路。我们沿着葡萄园和油橄榄园中间的曲折小路开了十分钟。那条路变成了小径。最后我们停在了一丛圣栎底下。我们下了车。我跟着她来到一座水泥塔楼,从那里能看到周围很远的地方。这是我以前看守过的瞭望塔,她轻声说。跟一个恋人。一个法国人。大约十年以前。我们在这座山丘上度过了整个夏天。警惕一切火情。平原上有一丁点野炊的烟就要发信号。有些日子一整天都没有一个访客。有些日子则会接待来访的朋友。在塔下支起十五、二十顶帐篷一起过夜。有一回，反倒是我们差点儿弄着了火。她大笑起来。

搭车人不说话了。我想象着他和那个女子在塔楼里，在阳光中，在树丛里。我不知道他的讲述将会怎样结束。

我们在那里待了十分钟，呼吸着松脂的味道，看着远处的大海。

然后呢。

然后我们重新出发。

他转向我，面带微笑，平静地看着。

我们重新出发。一个小时以后，她让我在尼斯附近的高速公路服务区下了车。她最后按了一下喇叭。然后她就离开了。

你们有再见过面吗。过了一会儿，我问道。

他轻轻地摇了摇头。

没有。

你不是有她的地址吗。

这很蠢，但我没有。我没想过要把那个地址记下来。那是两年前的事了。现在我总会记下来，至少是电话号码或者电子邮件地址。

我们沉默着。我再次看着照片里的女子。我想象着他们两个人离开高速公路，开进山丘深处。我非常希望自己也能和这个女子坐在同一辆车里。

我喜欢想象她就在那里，在某个地方。他继续说道。在博洛尼亚。在别处。想象着我绝不可能再见到她除非发生奇迹。想象她只从我的生命里经过那几个小时，想象那是多么美妙的几个小时。它们如此美妙，留在记忆里要比真正经历的全部故事都更有价值。

我们走出车库。

外面的阳光照在我们身上。

爸爸，你来呀。亚古斯丁一边说，一边继续踢着球。

搭车人走向他，接住皮球，颠了三下，又还给了他。

等我一会儿，我去送萨沙。

我抬起头，看向玛丽所在的窗户。我看见她也在看着我们。

小伙子们，聊得好吗。

很好。我回答。

萨沙，我把罗多利的新书给你放厨房的餐桌上了。你把它带上我会很高兴的。

我走进厨房。我看见了那本书。三四百页的厚度，蓝白色封面，纸页柔软。我看到封面上写着：追求者。底下还有一行更小的字：夜—风—花。

我是打哪儿看出这本书会打动我的呢。

我回到花园，朝站在窗口的玛丽致谢。我向他们仨告别。我回到了自己家。

6

好几天过去了,我没再见到搭车人。我没再给他打电话,没有想办法再跟他碰面。他也没有。就好像那个共同度过的星期日长久豁免了我们彼此之间的所有义务。

我投入了自己的新生活。我继续工作,重新带着我那位老太太辗转于全世界的机场和火车站。我意识到我没有对玛丽和搭车人把话说全。我甚至对他们隐瞒了一个基本要素,我整个计划的出发点:《情感教育》最后一章那段有名的省略。在书的末尾,福楼拜只花了数行,便把弗雷德里克送上旅程,又让他在多年后归来,只需三句话他就已经足够衰老,可以马上客观地回顾他的人生。"他旅行。在商船上的哀愁,帐下寒冷的醒寤,对名胜古迹的陶醉,恩爱中断后的辛辣,他全尝到了。他回来。"[1] 被挥霍的时间、一语道尽的数年让人晕头转向。由福楼拜随性加速的整个人生只剩下两个词:出发,归来。震撼。这是一个人注定将会过去的旅程,正如一切都会过去。

---

[1] 引文从李健吾译本。

与福楼拜相反，我决定留住时间。通过对省略法的反向操作尽可能地减慢时间的流逝，用无穷无尽、丰富繁密的细节、画面、感觉、回忆与联想，填实、扩张、重建每一个瞬间。我不知道自己那天晚上为什么没提我的老太太并不是先后前往科托努、贝纳雷斯、波哥大，而是同时处于这些地方，所有地点都融进一个绝对的当下。我也没说自己的标题：《商船上的哀愁》，就像一个关于延展的承诺——与福楼拜正相反，他的所有努力都是为了聚合。

那些日子里，我在收音机里听到一档关于印度音乐的节目。我得知每个季节、每种情绪都有不同的拉格。拉格的目的不是讲故事，不是为了炫技，或者让人迷惑，而是为了传递感情。是情绪的交流。拉格就相当于某种精神状态的音乐体现。我觉得那就是我应该做的。完成一篇文字，传递特定的情绪：商船上的哀愁。我清楚地看到它的颜色。金黄色，明亮的，有点泛旧。就像洛兰[1]画作远景中燃烧的船桅。属于过去的某种东西，磨得发亮，因年长日久而染上铜绿。因过往一去不回的赞叹而熠熠生辉。

我打算制作大幅油画挂在墙上。画面中只有文字，就像被压碎、浓缩、凝结的时间。可以一眼看遍的时间碎片。

我去买了画布，把它们涂成白色。我拿起一支比较细的笔，在一小罐亮黄色、像花粉一样明亮的颜料里蘸了蘸。我开始在白色的画布上抄写小说的开头部分。我看着这块长方形的上部开始

---

[1] Claude Lorrain（约1600—1682），法国画家，古典风格风景画的代表人物。

被金色覆盖。

三天后我写完了第一块画布。我把它挂在客厅中间,往后退了几步以找到舒适距离。我试着开灯打光,又关上灯,把它挂到另一面墙上,那里的日光更亮。我寻找观察它的最佳角度,有那么五分钟盼望梦想的奇迹就会发生。极度兴奋的三天过后,我感到有什么东西在心中皱成一团。

我把画拿下来,我把它塞到门后,有文字的那面转向墙壁。

我需要出去。

我到了楼下,惊讶地发现空气炎热。叶子咔啦作响。晒得滚烫。几乎要被热浪吞噬。

我意识到自己整整三天没往外面看过一眼。

我无意识地往下城区走去。我来到那片有悬铃木的小广场,我意识到这里离搭车人的家不远。我一直走到他家门口,发现铁门上了锁,护窗板关着。我继续走,一直走到河边。我看到水泥护栏外的河水,奔腾着,旋转着,深蓝灰色,怒气冲冲。我看到阳光在水面上欢乐地跃动,阵风把逆光中那些闪烁的碎草叶刮得到处都是。

我感到手机正在口袋里震动。

我意识到它已经很久没响过了。

我接了电话。

萨沙。

嘿,让娜,你好吗。

你怎么样。安顿了吗。书写得怎么样。

她的声音平静而愉悦。就好像这通电话是世界上最平常不过的事情。

我还希望你能打给我呢,可你没打。她边说边笑。

我也笑了。

我差点儿就打了。我含糊地说。

差点儿,这对我来说可没什么用。

我跟你发誓,我差点儿就打了。我原本正要打呢。

当天晚上,我们一起到她的一个朋友开的小饭店去吃饭。我们喝了酒。我们大笑。在我们的年纪再没多少奥秘。我们不再期待激动或狂喜。我们行动。我们尝试。非常简单。或许既简单得多,也复杂得多。我们已经见过。激情减到了最低。更难产生冲劲。我们更沉重。更束缚于自身。更多地拘泥于习惯。更不容易变动。这样有好处。我们更确定。我们更了解自己。我们更清楚自己喜欢什么。也更清楚别人喜欢什么。我们不再那么脆弱,不再轻易感动,这些失去的东西换成了专注力。我们也更知道爱,以及怎样更好地做爱。我们知道温柔的价值。我们更会给予。我们更会接受。我们更了解自己身体的边界,他人身体的边界。我们泳技更高。

那天晚上,我一边看着床上的让娜在我身边脱掉衣服,一边想着这些,我们中间放着两杯酒。多简单,多好。我们俩多会制造氛围啊。我想这更多来自她,多过我自己。她达到了这项艺术的最高级别：让共同度过的时间变得美好。

我们先是坐到一起喝酒，两人都赤身裸体，最多不时地抚摸一下对方。继续谈话。让我们的身体在愉悦中彼此认识，彼此熟悉。

我抚摸她的肩膀，她的乳房。她的双臀优美而紧实。

她玩弄我的阴茎。她笑着看它有了反应。

我们翻看了几本书。

我看到她几次微微跪起身，从架子上拿下一本。我从后面看着她翘起屁股，她的手高举过头顶，身体完全挺直。我想立刻抓住她，抱着她，推倒她。

我等待着。

我们一口气喝完了最后一杯酒。她让杯底的残酒流了下来，不得不闭上眼睛。她笑着躺倒，张开双腿。我进入了她。

感觉很好。我说。

感觉当然很好。

我看见她放任自己走向欢愉，寻找它，把握它。

大约清晨四点钟，我煮了咖啡。

我们俩坐在床上喝了咖啡，有点醉，愉悦地疲惫。

她注意到门后的画，问我那是什么。

我只好起身，把画拿给她看。她看着白底上的金色文字，读出她能辨认的内容。这个场景中，老妇人在一个荧光闪闪的遥远空港席地而坐，周围挤满了因为空间不足、蚊虫叮咬和等待延误航班而精疲力尽的旅客。我说这只是个开头。我还会在其他画布上写。慢慢找到合适的字体大小。找准用于在白底上书写的黄色的浓淡。她带着赞同的神情点了点头。

我们最后睡着了。

我睁开眼睛,看到她站着,已经洗了澡,清清爽爽,穿上了外套。

萨沙,我走了,十一点了。

她走过来亲吻床上的我。

我们电话联系。她说。

我爬起来抱紧她,我的性器因为在早晨的凉意中碰到她的毛呢外套而滑稽地勃起了。她见到这少年般的反应笑了起来。

我看着她离开,门在轻响后关上了。

我重新躺回床上。

我盯着天花板。

我心想,她非常漂亮,她让我很满足。

但我同时想,我不会立刻再给她打电话。

她也不会着急。

我们俩很相似,都守着各自的孤独。

我略带惊恐地想,从今以后,我生活中的爱情难道就这样了,成了额外的调剂。

我爬起来。我重新煮咖啡。在墙上挂上新画布。往我的酸奶杯里倒入新的黄颜料。

我重新投入了工作。

7

三天以后，我又见到了玛丽。我远远地注意到她坐在悬铃木小广场的一个露天咖啡座里。我走过去，跟她行了贴面礼，我问起搭车人的情况。

他走了。她说。

走了。

你来的第二天。

我不知道自己做出了什么反应，脸上露出了什么表情。不管怎样，她笑了起来。

不好意思。不是你以为的走了。只是又出发去旅行了。

我为自己的误解而微笑。问他去了哪儿。

我想是去西边了吧。她轻轻地说。

我看着她坐在清晨的冷空气里，她的眼神异乎寻常地愉快。她的半张脸隐藏在蓬乱的头发后面。还是睡眼惺忪的样子。

不管怎么说，跟你的重逢影响到了他。通常来说他只消失三天，最多四天。这回已经差不多两周了。

我坐到她对面。

我们又点了两杯咖啡。

你的老太太呢。你的老太太有进展吗。

我回答是的。有进展。

她面带微笑地看着我,然后对我说出了她刚看见我来到广场时或许已经想说的那句话。

我昨天见到让娜了。

这句话就等于在说:我全都知道了。

我没有试图隐瞒。

让娜非常好。我们度过了美好的时光。

她也是这么跟我说的。

我们不再说话。

我想那已经是三天前的事情了。让娜和我都再没花心思向对方做任何表示。我想我的说法甚至已经说明了一切:我们度过了美好的时光。复合过去时。时间上的完成体。一次性发生的事件。

我琢磨着玛丽的话里是否有什么信息。她跟我提起这件事是否在提示我给让娜打电话。她的眼神诚恳、清澈。完全不是存有某种言外之意的眼神。玛丽想说的话,她已经说了。她看起来完全理解我。也完全理解让娜。

有个孩子骑车穿过广场,一直拐来拐去以碾压尽可能多的落叶。

玛丽看见了他,远远地跟他打了个招呼。

你们会再生一个孩子吗。我问道。

有时候我想生。她笑着说。

那他呢。

我觉得他也想。

那你们会生的。

很有可能。

你的意思是已经有了吗。

没有。她喊起来。

她摸了摸自己腹部,像是要确认。

反正据我所知还没有。

咖啡端来了。加了太多水,装在透明的玻璃咖啡杯里。

一阵狂风刮过。我们弓起背,裹紧外套,蜷成一团护着杯子。她做了个欢快的鬼脸看着我。

真是冷掉牙了。

我为这个第一次听到的说法微笑起来。

那天回去的时候,我发现一封从埃佩尔奈寄来的信。我的新地址收到的第一件东西。我摸了摸,试着猜出里面装着什么。我打开了它。

我最近一次搭车的收获。跟照片一起寄来的一张纸片上这样写着。

我把信封里的东西倒在桌子上。二十来张拍立得掉了出来。半身照。朴实、简单。没有任何多余的处理。首要任务是完成世上所有照片的第一功能:留下痕迹。防止遗忘。

我数了数那些面孔。十五张是男性单人照片。四张夫妻照。

三张是女性。我试着想象搭车人跟他们每个人在一起的样子。分享属于他们的车厢。

我琢磨着他现在会在哪里，就是当下这个特定的时刻。我看到一块地名牌上用黑色大写字母写着夏多布里昂。另一块上面写着拉弗莱什。此外我还认出了诺曼底的奶牛，迪南的沙滩，莫尔比昂的板岩房顶。被秋季染成橙红色的阔叶林。

我仿佛看到他站在那些人面前，听到他在按下快门时说的话。他那种突兀地要求对方注意、让对方微笑的方式。或者，更确切地说，他那种什么都不要求的方式，不求微笑也不求注意，相反，不打招呼，通过滑稽的动作或夸张的手势时机恰好地引发注意或微笑。故作庸俗又恰到好处的笑话让他们爆发出大笑。

我看着一名身穿蓝绿色抓绒衫的女性，五十来岁，金发，因为山区寒冷而发红的皮肤，架在方向盘两边的胳膊显得挺壮。露出微笑的东欧长途货车司机，竖起拇指，表情像是在说：Dobro。赞。

我凝视着他们，所有人。我想起自己从前也会想跟他们一起坐在车里。

我的心中再次充满了这种激情，这种渴望。

接着，我悲伤地感到它现在少了很多。我把它放在了别处。

我感到自己不再羡慕搭车人。尽管这些照片触动了我，尽管它们让我难受，但这不是因为他敢做某件事而我不敢。是因为感受到他的渴望未曾变化。是因为看到他仍在继续。

你看,我听到他对我说。你看,它还在那里。我的勇气还在。你看,什么也没有改变,我仍旧是从前的我,不管过去多少年也不会变。

8

我重新投入工作。在搭车人回来以前,我一秒钟也不想浪费。

第二天下午,我遇到了他。安静地沿着水边走着。看起来很幸福。疲惫而幸福。

我看不出他是否享受我的惊讶。看不出他的突然归来是否有所预谋。精确计算就为了制造这个时刻。再一次让我吃惊。

我们一起去喝了一杯。

他对我讲起自己的回归,在夜里,两辆车,从亚眠到蒙特利马。

跟一个人走了整整五百公里。信息工程师。热情。然后在奥朗日附近的服务区戳了整整一个小时。戳在恐怖的寒冷里。

后来的那辆车上差不多刚成年的几个孩子把他从那里带走了。

你真该看看他们。三个穿运动服的少年,打蜡的头发贴着头皮,像黄油似的发亮。十五岁。最多十六。开车的那个可能十八。但也不好说。

他喝了一口啤酒,摇着头笑起来。

一开始他们连车窗都不想给我开。我坚持。我问他们要去哪儿。马赛。他们嘟囔说。马赛啊,可你们走的路不对。我说。他们笑起来。他可太厉害了。司机说。兄弟你们听见了吗。看样子咱们走的路不对。幸好有你来帮我们,哥们儿。他从上到下地打量我,目光停在我的大山地鞋上,带着深深的蔑视盯着看了好半天。好了你到底上不上来。我们可不会一直等你。我跳上车。他们再没跟我说一个字。只是看着车速表。时速超过了一百八十公里。

通常我会做记录。我会记下地址。他笑着说。那次我连他们的名字都没问。我用尽全力把自己钉在座位上,我祈祷。

片刻的沉默。我喝完了剩下的啤酒。搭车人清了清喉咙。接着他说了这句。

你们在这里怎么样。

以平静的语气说出,像是显而易见的事。就好像他对于玛丽、亚古斯丁和我的三人组毫无意见。留在V城的三人组。我心想。

我没有反驳。

我们挺好的。我说道。

我的语气也很平静。

我们没有什么大变化。我微笑着补充说。也没有时速一百八十公里。

他笑了。轮到他保持沉默。他应该注意到自己刚才说的话了:你们在这里怎么样。就好像他在问我的家人的情况。

而我毫不犹豫地接受了这种观点。确认了这个整体的存在：玛丽—亚古斯丁—我，一个整体。

我们挺好的。我们没有什么大变化。

毫不犹豫的回答。现在这让我们俩都有点不安。下午的阳光中，我们相对而坐，面前的啤酒已经喝掉了四分之三。我们想知道这一切意味着什么。

9

接下来的几天,同玛丽和亚古斯丁一起,我们度过了一些四人时光。

我邀请他们到我的带家具的小两居吃晚饭。他们看见了光秃秃的墙壁,青杏色的涂料,栗色天鹅绒的破旧沙发。

这儿有什么玩的呀,亚古斯丁问。

我想找一把彩色铅笔或者水笔,但没找到。只找到一支勉强能用的六色圆珠笔。一小盒白纸。亚古斯丁怀疑地看着我,就好像我在戏弄他。

玛丽想看看我过去几个礼拜一直在忙的油画。

我以为会有更多文字。她久久地看着它们,然后说道。一大堆几乎难以辨识的文字,让一切都混在一起。所有的停留。所有的旅行。

搭车人开始阅读。在一片乱糟糟的字母里,这里找到一个句头,那里找到一个句头。他认出了一些城市的名字,想起我曾经在那里待过。有一些甚至是我们一起去过的。乌兰巴托,瓦拉纳西,万象,博博迪乌拉索,阿加德兹,希库蒂米。

几天以后,轮到他们邀请我了。

我要找让娜过来吗。玛丽在电话里问道。

让娜来了。她来的时候穿着一件越往下越宽的外套,像是孩子的斗篷。她像朋友一样跟我互相贴面。我认出了她的气息。我感觉到曾经共度一夜寻找欢愉带来的亲近感,无论我是否承认。

我看到她的眼里没有责备,也没有尴尬。她并没有因为我没给她打电话而受伤。也不认为我会因为她的沉默而受伤。她觉得一切都好。

亚古斯丁上楼去睡觉了。我们吃了饭,四个人一起聊了很久。让娜开始问起搭车人的上次旅行。问了他很多关于旅行的问题,滑稽刁钻,玛丽和我可不敢那么直接。

你这样上路的时候睡在哪里啊。你在哪里过夜。

我会找快捷酒店、小客栈、公路服务区。我会遇到愿意给我提供住宿的司机。我随机应变。有时候我会露宿。

你会露宿。

他耸了耸肩。

有一次我在自己的睡袋里过夜,就在一个加油站的卷帘门前面。

那你呢,玛丽,你都不知道他在哪儿,这不会让你感到困扰吗。你不担心吗。

我当然也会担心。玛丽微笑着说。

可你觉得你在寻找什么呢。让娜再次转向搭车人问道。我的意思是当你这样做的时候，你的目的是什么呢。这没法给你带来钱财。这让你远离玛丽和亚古斯丁。这件事每次会占用你好几天的时间。你回来的时候筋疲力尽。你不是记者，不是作家，也不是摄影师。你不想拍电影，不想做展览，不想写小说。起码据我所知不是这样。那你这样做是为了什么呢。

他看着我，好像在向我寻求帮助。

我不知道。

他沉默了一会儿。

说实话，我不知道。我这样做大概是为了很多事。我这样做是为了遇见。为了与我自己相处的时刻。为了去发现那些地方。

让娜露出了困惑的微笑。

为了遇见，我觉得这很可笑。我已经厌倦了遇见其他人。我这辈子都在遇见各种人。能够见到我喜欢的那些人我就谢天谢地了。我是说真正地见到他们。

一阵沉默。我开始担心聚会是不是即将失控。

他保持着平静。

我能遇到不同的人。在同一天里，我能遇到护林员、小公司负责人、肉店老板、土地测量员。

让娜看着他。

这样就足够让你一次次重新出发吗。每次你带着请求搭车的牌子站在出城路边的时候，你心里真的就只想着这个吗：太好了，谁知道我今天会不会遇到土地测量员和肉店老板呢。

他笑了，玛丽和我也笑了。我们都为松弛下来的气氛而松了一口气。

让娜又开了一瓶葡萄酒，像是为了明确表示讨论才刚刚开始。

我们等待着。看着搭车人面露犹豫，琢磨着该怎样回答。

我需要这样。他最后说道。我觉得就是这样，非常简单。我需要这样。有些人需要做运动。有些人需要喝酒。有些人需要出去作乐。我这个人需要出发。这对我的身心平衡是必须的。如果我待在某个地方太久不离开，我会窒息。

他的声音有点发颤，我们感到他费了很大力气才说出所有这些话。

你没有觉得窒息的时候吗。他问让娜。我的意思是身体感觉上的窒息。真的觉得透不过气。

他的语调难以觉察地提高了。让娜表示同意。

而且我发现，自从我留下遇到的那些人的信息后，情况变得更严重了。我眼看着那堆照片在增加。地址列表不断变长。这成了强迫症。我总是希望能有更多。

他站了起来，因为说出这么多心里话而显得局促不安。我们看着他在桌边站着，重心放在一条腿上，又换到另一边，手里拿着酒杯。

你们等等，我马上回来。过了片刻他说道。

他消失在充当工作坊的房间里，又带着比我的那张破旧得多的道路地图出来了。他推开酒杯和空盘子，在桌上展开地图。我认出了由国道和高速公路构成的熟悉的路网。交通干线是红色的主动脉。国道是蓝色的静脉。整个国家布满大血管，毛细血管，省道，乡道，各种道路。森林是绿色。平原是白色。湖泊是蓝色。高原是浅灰色。沼泽是密布的细点。地图上不但到处都有根据居民数量用或粗或细的字体印上的地名，还有用黑色水笔添上去的一片片标注文字。紧紧挤在一起。耐心写就。偶尔有点斜。偶尔有涂改、删除。叠在更早的说明文字上面。佐伊和克莱尔，昂热—巴黎，2016 年 11 月 13 日。拉法埃尔，吕内维尔—贝尔福，2016 年 8 月 17 日。达米安，阿普尔蒙—勒托洛内，2016 年 8 月 1 日。让-弗朗索瓦和汤姆，布雷斯特—莫尔莱，2019 年 3 月 25 日。盖内尔，夏多布里昂—南特，2017 年 4 月 14 日。安托尼和阿涅斯，南特—昂热，2017 年 3 月 14 日。有些区域已经基本写满了。巴黎地区。布列塔尼。主要的高速公路。南部。另一些区域则几乎完全空白。有些省被完全遗忘。康塔勒省。朗德省。上索恩省。马恩省。

我把所有信息都誊在地图上。名字。地址。日期。跟每个人走过的距离。

可以说是一张狩猎图。让娜嘀咕说。

他自顾自地微笑起来。

我有时候也这样想。我完全可以看着这张图，心满意足。想想看，遇见了那么多人。但恰恰相反。我看到所有还没去过的地区。我看着一直空白的康塔勒省，我跟自己说，下次旅行就去那里的萨莱尔。我看着自己从未踏足的上阿尔卑斯省，我心想，要朝那里的加普城前进。

玛丽之前一直没说话。她给我们每人又倒上点酒。

在我翻译的那本书里也有一个像你这样离家的男人，她对搭车人说道。他英俊，热爱生活，爱他的妻子和儿子。他离家是工作使然，他是魔术师，他必须离开家到处去表演。他的妻子理解他。他的妻子和儿子爱他。那个人真的很优秀。他总要离开，他的每次回归都很感人。他会带着满怀的礼物回来。他给自己的儿子展示新的魔术。他讲起自己遇见过的那些人。回归家庭让他感觉很幸福。后来，他离开的时间渐渐变长。他离开得越来越频繁。走得越来越远。

玛丽以平静的语气说出这些话。从容而淡定。

她又喝了口酒，停了下来。

最后呢。我问道。

最后你们自己看吧。她微笑着回答。我本来想给你们讲的，但我现在更想什么都不说。

让娜带来了一瓶烧酒，是她父母在阿尔萨斯某处的一个朋友自己酿的。我打开瓶塞。我感到覆盆子的气味冲击着我的鼻孔。野生浆果的味道，森林的味道。

我们喝了一点。接着又喝了更多。接着我们喝光了整瓶酒。凌晨一点钟，我们四个人还围坐在桌边，每个人都在越来越冷的花园里裹紧了毯子，蜡烛此时几乎已经完全烧尽了。

搭车人决定放些音乐。

他选了一段我听他放过大概有上百次的音乐。在我们一起上大学的时候，我们合租的时候，我们每年夏天一起出发上路两个月的时候，这段音乐就已经是他的最爱了。

我以为他是为我放的这段音乐。我想他是通过这种方式对我说：致我们。

接着我看出并非如此。他放这段音乐是因为他爱它。因为他发自内心地继续爱着它，仅此而已。哪怕在二十年以后，这对他来说仍然是心头至爱。感恩时刻的曲子。我们希望用音乐来诉说某个晚上所有的幸福时会选的曲子。

《靛蓝心情》(Mood Indigo)的钢琴乐段以时速两百公里的速度奔腾而出，癫狂而放纵。妮娜·西蒙[1]的声音开始震颤，异乎寻常地鲜活生动，尽管歌词悲伤至死：我如此孤独我想要哭泣。让娜和玛丽站了起来。我看着搭车人满足地站着，已经开始舞动。我为自己发现他这个弱点而发笑：他这个永远追求新鲜事物的人，二十年间对于音乐的爱好居然寸步未前。起码在这个方面，他陷入了可悲的停滞。这触动了我。

我们三个人也来到音箱旁，来到他的身边，他已经完全沉浸在了音乐里。

---

[1] Nina Simone（1933—2003），美国歌手，音乐人。《靛蓝心情》是爵士乐的一首名曲。

玛丽紧紧搂住他。

我走近让娜，我们的身体立刻靠在一起。我发现自己的双手本能地找到了通向她腰胯的道路，我们的小腹不假思索地相互贴合，我不禁出了神。

歌曲持续了三分钟，接着是第四分钟，我的身体和让娜的身体贴得越来越紧，相互索求得更多，感觉很好。

接着，搭车人放了另一首歌，但他不打算连续跟玛丽跳两支舞，于是他挽起了让娜的手。我变成了单独一人，玛丽也是。我们带着想到一处的神情看向对方。

既然他们俩决定这样。既然我们俩几乎别无选择。

她走过来靠近我，她的双颊因为跟搭车人的那支舞而微微泛红，她的太阳穴和额头有不易察觉的汗珠。我感觉到她双手、肩膀、脖子的热度。我回想起看见她的第一个星期日。想起自己把嘴唇贴到她面颊上、对她说出最无邪的"你好"时的感受。

我们跳了舞。那首歌很快。玛丽愉快地看着我加快脚步。看着我们的身体毫不费力地渐渐跟上迅疾的音乐节奏，完全投入进去。她为我们的合拍笑了起来。为我们轻松找到默契笑了起来。我们都看出我们是可以的。对我们俩来说找到默契应该完全不是问题。她张开双臂，开始在我面前跳舞。为我跳舞。我看着她纤细的手腕。纤细的胳膊。她精致的面孔，高雅的姿态。她愉悦而骄傲的眼睛，充满挑战。她的腰身非常近，朝我挺出，为了让我抓住她，拥抱她。

我再次握紧了她的双手。我们再度贴近。她停了一停，脱掉毛衣，把它扔在一把椅子上，穿着T恤回到我身边，她的双肩现在裸露在外。我把一只手放在心口，逗趣般地做出它正在剧烈跳动的样子，它就像所有被征服的、陷入热恋的舞者的心脏那样剧烈地跳动着。她笑了。我注意到我们旁边的搭车人和让娜也在笑。我注意到他们没往我们这边看过一眼。

第三首曲子开始了，让娜回到我的怀抱。我们四个人不停地轮换，比一般情况下轮换舞伴延续得更久。通常这种情形下很少会产生欲望，四是个过于方正的数字，二和二。接着是一首舞蹈性没那么强的歌，打破了节奏。让娜拥抱了我们，说她该走了。

我明早八点还要上班，可今晚真是太尽兴了。

我也拿起自己的东西。在我重新穿上毛衣的时候，玛丽给自己倒了最后一杯酒。

现在音乐停了下来，一切又恢复了平静。

我们再次来到花园里，往返了两三趟才把酒杯和空瓶都拿回厨房。

外面仍然很凉。

你这样不会感冒吗。让娜问我。

没关系的。

你等一下，我们去给你找件外套之类的衣服穿。搭车人说。

玛丽走过来，把她的围巾递给我。

拿着。

一条黑色羊绒的细围巾。

玛丽说得对,你拿着吧。让娜说。

下次见面时你再还给我。

我把围巾围在脖子上。我嗅到了玛丽的气息。细软的羊绒就像轻柔的抚摸。

那天晚上,让娜又到我家来过夜。那是我们共度的第二个夜晚,感觉很好。我总是更喜欢第二次。我们相互了解。我们回想第一次。我们有时间酝酿新的欲望,在第一次以后了解到对方难以宣之于口的偏好。第二次总会更好。

这一次也没有破例,起码没有破我的例。

早上,让娜离开了。我还是一个人。

我放了音乐。一首歌,然后是另一首歌。我去冲了个澡。我感到自己肚子瘪了,空空如也。

在我冲澡的时候,有一首歌响了起来。我和玛丽跳舞时放的那首歌。

我再次看到玛丽靠着我。我想要和她在一起。我感到悲伤。

穿衣服时,我看到她的围巾放在我的椅子上。

我把它绕在自己的脖子上。

我出了门。

我在城里遇见了搭车人。

昨晚太棒了。我一边跟他拥抱一边说。

他表示同意。接着我注意到他看着我的脖子。我注意到他的目光盯着玛丽的围巾。我注意到他见我这样戴着围巾便露出微笑,完全没有多想。

我解下围巾,朝他递了过去。

我正要把它还给你。

我感到他在犹豫,他不知道自己该不该接过去。

最后他把围巾围在脖子上,笨拙地在前面打了个结。一个很大的扁平结。

我明天出发。他轻轻说道。

10

现在,搭车人离家更频繁了。我和玛丽有时候好几天都不联系,有时候又连续两天相约出去,有时候带着亚古斯丁,有时候不带他。前一天刚去听过音乐会或是去消遣,第二天又再次见面,一起去买颜料、钉子、新电钻,给亚古斯丁的新书桌,我画画用的折叠工作台。

玛丽和我聊她的翻译,向我讲起她在两种译法之间犹豫,为法语里没有任何一个词能准确还原意大利语的意思而觉得有趣。总而言之,用语言表达总是这样的。她微笑着说。意思会悄悄溜走,偏离我们的本意,用意大利语会产生偏离,用法语也一样。词语总会超出本意。这是个游戏。要做的事情其实很简单,就是在偏离之间做出选择,感受法语当中的哪种偏离最忠实于意大利语中的偏离。

她把词汇比作效命于语言几个世纪的一群老兵。她说这些词到我们手里已经不是全新的了,为我们上阵之前它们早已身经百战。她说要选择某一个词而不是另一个词,这就像是让一位老兵带着全部故事、全部记忆走进书里,不能搞错,否则到此为止选择的整个词语大部队就有溃不成军的危险。

另外有些时候,她微笑着把这些说法全都挥开。她说自己不应该过度思考。归根结底唯一重要的事情是抓住词语注入灵气。就好像我们亲吻别人的时候那样。她这样说道。然后把我留在花园里,自己去把茶壶再次灌满。

让我们意想不到的是,知道搭车人正在路上,反而拉近了他与我们的距离。我们想知道他在哪里,经历着什么,坐在什么样的车里前进,身边的人又是谁。即便并不在场,他也陪伴着我们。好像就在我们身边,挽着我们的胳膊,对我们说话。不断提醒我们注意生活的种种约束。

我坐在书桌前,想象他站在环岛路边,旅行包搭在肩上,那身影就像一个不真实的堂吉诃德:马上就要四十的年纪,近年当了父亲,总是很干净的深色牛仔裤,身上的蓝外套从远处也能认得出来。我想象他在寒冷的秋末站在西部某个中型城市的出城路口,站在四面都是预制板房商铺的十字路口正中间,站在服装店和婴幼用品店的褪色招牌之间,在黯淡的晨光里挥动着请求搭车的牌子,全凭着超强的自我说服天赋,才能让自己不至陷入绝望。他仍然充满了我们当初一起出发上路时的干劲。当时我们就已经是恐龙级别的老古董,搭车的时代早就结束了。让我觉得有趣的是这个事实并没有困扰他,相反,我们当时的不合时宜让他兴奋,让他激动不已。

有些日子我会去坐火车。天气已经冷了,而火车站候车室一到冬天就成了一片奇迹之地，成了一个暖和的避风港，全城街道上所有冻僵的人都来此避难。这些无处容身的人聚在这里，四肢发僵，昏昏欲睡，身边是"不二价"廉价超市或者勒克莱尔连锁超市的蛇皮袋，身上裹着披肩或被子。他们自己就是成堆的布料，一团衣服，紧挨着旁边另一些成团的衣服，他们的孩子，他们的个人物品，他们的小推车，他们的狗。在这些人当中我会发现来自另一个世界的身影，那些选择睡在地上的人，以四处流浪为职业的人，就跟以前的我一模一样。还在路上的疲惫的旅行者，挑战生活、挑战困难、挑战柏油路的内心需要推动着他们。大部分是独自一人，头发又长又乱，身无分文。有些是夫妻二人。几乎所有人都很快活，尽管一身污垢。混在其他真正停滞、没有出路、在无形高墙中卡在原地的人当中，他们的活力让他们很容易辨认。

比起他们的长头发和脏衣服，更让我吃惊的是他们与地面的关系。他们习惯了接触柏油路和地砖。他们丢开了所有尴尬。就好像保持直立姿势的强制性要求已经不复存在。就好像从我们通常不知不觉内化的禁忌——不瘫坐，不歪躺，不占道，从一整套与内敛、收敛、矜持有关的教导，从尊重邻人、尊重边界、尊重明确的地块划分的教导之中获得了解脱。他们对这一切毫不在意。就像解了锁。彻底解放。他们的身体已经去除了绊碍，变成了占据空间、建筑巢穴并蜷缩其中的技巧大师。我看着他们瘫在地上，突然想起自己从前就清楚知道的事实：身在路上，就是这样。精疲力竭。彻底松弛。

  我想起自己在路上的那些年。在奥特朗托[1]一座教堂门廊下的那一夜。那是十二月刮风的一个夜晚，我蜷缩在教堂门口的大理石板上，几乎要冻僵在过薄的睡袋里。到了大半夜，一辆车的前灯突然对准我，把我从无论如何都无法转变成真正睡眠的半睡半醒中拉了出来。风太冷了，石板太硬、太冰了。Carabinieri [2]！是警察。满满一车的警察来叫醒了我，问我在那里做什么，为什么不去城里的旅馆。我的回答里有一部分是事实——我没钱。另一部分我没说：我想试试看。看看冬夜里睡在马路上是什么样的。几分钟后，我在快冻僵的状态里再次陷入半睡半醒，我听见那辆车开了回来，前灯再次照亮了我。这次警察们什么话也没说，动作尽可能小心翼翼，就好像他们开得大亮的车前灯有可能不被注意到似的。他们用纸箱把我盖了起来。把我裹得像个婴儿。我笑了，我不停地对他们说 grazie, grazie mille [3]。然后我开始打盹儿，身上暖和起来。

  我现在还能那样过夜吗？那是一种一旦获得就不会再失去的能力吗？我现在成了不会躺得四仰八叉的人。不再有时间的人。童年时我们爬行。我们摔倒。我们通过双脚和双手了解地面。与之关系亲密。后来地面逐渐远去。成为成年人就是不再懂得摔

---

[1] 意大利东南部滨海城市。
[2] 意大利语：卡宾枪骑兵队。意大利国家宪兵，也协同警察维持社会治安。
[3] 意大利语：谢谢，太感谢了。

倒。就是生活在失去有关地面记忆的身体里。这具身体不再懂得怎样与地面一起生活，它害怕地面。

搭车人现在还会躺在地上吗？我想象他会更像样些。干净的衣服。刮过的胡子。整个外表都很得体，这就是我想到的词。拒绝向无家可归者的刻板印象低头。宁可四十八小时不睡觉，也不愿以头发蓬乱的冒险家形象示人。保持着当初便已显露的优雅。那时候就算我们俩当中的一个被当作吉普赛人，那也是我，而不是他。

11

玛丽和亚古斯丁等着他的电话。主要是亚古斯丁在等。搭车人从没保证过会打过来,也没有固定的时间。但仍有规律,习惯很难改变。星期一早上去上学之前。星期四晚上。为什么是星期四而不是星期三或者星期五?

亚古斯丁注意到这些重复的时间,很喜欢这种俨然形成的常规,开始期待电话响起。玛丽说他每星期一早上大口吃过早饭就在客厅里玩,待在离电话不远的地方。他会在沙发边上边玩汽车拼装玩具边等。当电话终于响起,出现少见的区号开头的陌生号码,他会努力保持平静。拿起话筒时又迫不及待,立刻就开始跟他爸爸说话,就好像只是在继续前一天晚上被打断的对话。他利用各种小心思尽可能延长通话。就好像听不到外面人行道上其他孩子已经开始加快脚步,听不到那些家长严厉地大声催促:孩子们,快点,快走啊,没看到我们落在最后了吗,天啊,快点儿走,麻利点儿,校门要关了。

这样的时候,亚古斯丁总是不为所动。

爸爸你在干什么。你在哪儿吃的早饭。你喝的什么咖啡,美式还是意式特浓。

他说意式特浓时有明显的卷舌音，就像搭车人跟他上次见面的时候教他的那样。

最后他带着傲慢的平静放下电话，走向已经穿好外套等在门口的玛丽。他们俩走进寒冷，好像现在万事无忧，全世界那种荒诞的匆忙与他们无关，毫无紧迫感。迈着悠闲的步伐走向学校，最后到达，但时间刚好。而且不管怎样，他们的从容不迫总会让看门的校工也一下松弛下来，在这两个平静的人面前丢开无谓的怒气、粗鲁的责备。他肯定也被他们的平和所感染，会宽容地微笑着耸耸肩，并在听到玛丽开始道歉时跟她说不要紧。

现在是八点三十二分。你们晚了两分钟。这有什么关系呢。我们都有可能稍微晚一点儿的。

也有些时候电话一声不响。

亚古斯丁一动不动地在沙发上等待。他什么也不说，没有任何失望表情，只是继续静静地看书，全神贯注，神色平静。玛丽看着闹钟的钟面，时间一分一秒地过去，又看着努力假装没事的孩子，就好像他根本不期待爸爸的电话，就好像电话响或不响对他来说都无所谓。人行道上孩子们经过的声音越来越吵，穿透墙壁，充满了客厅，有那么五分钟声音最吵，然后开始消退。很快就只能听到零星的喊声。亚古斯丁站起来，一言不发地走过去穿上外套。他们俩打开门，在寒冷中朝学校走去。

他肯定有急事。

他可能到了一个鸟不拉屎的地方没关系他星期四会打的。

玛丽看着亚古斯丁的脸。看着孩子脸上骄傲地撑着拒绝被打败的表情。

这也是他们不好他们满世界拆电话亭你让他怎么办。

玛丽的手温柔地抚过他的头发,小声说没错。

你说得对他星期四会打来的到时候他会到一个更好的地方。

再加一句我爱你。我的宝贝我爱你你知道的。她在他的发顶最后亲一下,看着他冲进学校院子,大声打着招呼冲向其他男孩。

亚兰。加斯帕尔。

有时候星期四晚上电话也不响。

这样的时候有些预兆,比如之前的星期一就没有电话,又或很久没有收到明信片。他们俩会喝一碗汤,或者去小那不勒斯餐厅买个披萨饼吃。接着玛丽会放个片子。有些晚上我也在,我们三个一起看克林特·伊斯特伍德或者皮埃尔·里夏尔[1]的电影。

还有些时候我和玛丽碰头,我看出她接到了消息。我感到她离我很远,就好像她也在路上,通过某种重建的、加强的联系与搭车人关联在一起。她告诉我,他在香槟省,他在巴斯克地区,他在蒙吕松附近。说这些话的时候她语气平静。充满幸福。爱意绵绵。你知道吗他在旺代的海滩上,他的日子美着呢这个混蛋,说这些话的时候她无比快乐地大笑,我感到她才从那边回来,我

---

[1] Pierre Richard(1934—),法国喜剧电影演员。

感到他们不只是刚刚通过话,而且见过面,她的脸上也有一缕来自海滩的阳光在继续闪耀。

你猜他昨晚睡在哪儿。

你猜他昨晚裹在他那破睡袋里在哪儿过的夜,他疯了,你知道吗,他睡在一座放帆板的棚子里,你能相信吗,在一座放帆板的棚子里,我怎么找到这么一个男人。她说这些话的时候,我能看到她是骄傲的。我的男人在十一月睡在一座放帆板的棚子里,一大清早给我打电话对我说他爱我。我感觉得到她喜欢这样的想法,感觉得到她享受着属于两个人的自由,搭车人的自由,还有她自己的自由,一个能够爱着身在远方的男人的女人的自由,哪怕他在路上,哪怕他不在身边也爱他,把他的缺席当作他的一部分去爱他,因为他的缺席而爱他。

12

每次搭车人回来,亚古斯丁都有许多问题要问他爸爸。有关搭车的问题,有关司机的问题,有关他见过的地方的问题。问他经过的那些地方都种什么。问那里的房子都什么样。

再这样下去,我就变成法国专家了。搭车人大笑着说道。

然后他纠正他说的话。

法国专家夸张了点。高速路专家。高速路出入口专家。

他知道所有的高速路服务区。他能说出价格最便宜、服务最周到、栽树最多的加油站。哪些加油站快餐厅负责人能让他们安静待着。他知道哪些加油站晚上关闭,在那里肯定要等到第二天早上。哪些加油站二十四小时营业。还有哪些加油站在大城市或者某个中途无法停车的漫长路段出口,所以是司机一定会停靠的地方。

《法国最好的高速公路服务区》,我很快就能写一本指南了。他大笑着说道。自然,他所谓的最好意味着对像他这样的旅行者最友好、最便利,不单有舒适的等待环境,还能很快遇见要走长途、去往预想方向、车上有空座的司机。

他补充说这就好像是跳格子游戏，有坏格子也有好格子。残酷的悖论在于，越是便利的服务区，换车上路通常也越快，相反，越是不怎么样的地方越有可能长久耽搁。

那你都干什么呢。亚古斯丁问道。你到了服务区以后会做什么说什么呢。

搭车人把男孩抱到自己膝盖上，说话时两臂环抱着他。

你希望我做点儿什么呢。我跟大家做一样的事。我会安静地喝杯咖啡，会去上厕所。有时候我会买个苹果或者其他吃的东西。我停下来休息。我不着急。其他人看见我，清楚地意识到我们从根本上说是一样的，我们吃同样的三明治，喝同样的咖啡。

他说起眼神交流。说这种隐秘的沟通方式很关键，冲某个面相和善的司机微微一笑，立刻就建立了联系，几乎就达成了约定，让对方明白他有求于他，不过会等上几分钟，等解决了某些可以理解的当下需求之后，比如撒泡尿，吃点东西，放松一下。

他描述交易成功、协商妥当的那个奇异瞬间。无声的交流霎时停止，突然之间再无用处，再也不必去说服，只需等待心照不宣的约定转化成实际行动。司机和搭车人从这一刻开始便拴在了一起。心里转过同样的念头：片刻过后，最多几分钟，我们将肩并肩坐在同一辆车里，我们会聊天，我们会相互讲述各自的日常，交换我们对生活的看法，对彼此的了解可能会比各自最亲近的某些朋友还要更多。

哪天你该写写车内空间。他当着亚古斯丁的面转向我说，好像我们之间的分工永远就该这样，他经历，我写作，必然如此，谁也逃不脱自己的命运。哪天你该试着把这些私密空间无声讲述的东西都说出来，一坐进去就能感觉到。车里的空间和占据空间的人是个转瞬即逝的世界，一段插曲，一座岛屿。突然变得亲密的身体、癖好和动作。任何一点细微声响，两个同处一车的鼻子立刻就能闻到的任何一点气味。邻座不可能感觉不到。相应地你也不可能感觉不到邻座的物理存在。不可能感觉不到他的体魄。两个人都无遮无盖。和邻座一样困在同一团密闭的空气里。被判共享每条短信，每通来电，每个打电话的冲动。那种封闭，就像上了一条小船，前方却并没有广阔的空间。并没有远洋上令人焕发新生的涤洗。

13

他来我家的那些晚上,我们就一直坐在窗前,一边聊天一边看着城市浸入初冬。所有窗户都关着,屋里从晚上六点就开始点灯了。我们享受着自由讨论的乐趣,确信不会被任何人听到。我们说话,停止说话,长时间地保持沉默,只是看着对面的建筑和周围的房顶,听着街上呼啸的北风不时吹响一扇护窗板。就好像过完整天都在路上的日子,他现在彻底放松下来,休息,终于可以随性一把。

他对我讲述他那些司机。说个不停的。口无遮拦的。思考人生的。赶时间的。平静的。我们聊到很晚。随着时间流逝,屋宇窗口里的灯光纷纷熄灭,黑夜漫延。离开前他会看看我最新写完的画布,全神贯注地盯着每一幅上四条边框之间挤挤挨挨的几百行字迹,花时间去解读那些最难看清的苍蝇腿一样细的文字,带着夸张却让人舒心的热情点头附和,那正是我所需要的热情。

有时候是我去他家吃晚饭。我在亚古斯丁睡觉以后到。玛丽下楼来跟我们一起用餐,待上一两个钟头,然后重新上楼工作,或是出去找让娜和其他朋友。这时,搭车人会从架子上拿下一瓶调配朗姆酒，给我们俩各倒上一杯。

对了，我有没有跟你讲过法比安娜，就是那个把我从洛里昂捎到巴黎的精神科大夫。

我跟你讲过蒂埃里吗，本来他只需要带我走三十公里，最后却陪了我五个小时。

我跟你说过乔治吗，一个收藏吉他的乐手，他以前给德勒兹伴奏录过半小时节目，德勒兹朗读了尼采《漂泊者及其影子》的一些片段。

我跟你讲过亚历山大吗，是个在亚眠的大学生，跟我说什么我从爱情来，我又立刻走出爱情，不过我也不知道这算不算爱情，我们交往六年，我觉得她依恋我，可我还是没一点感觉，或许哪天我应该把这话告诉她。

我跟你讲过玛蒂娜吗，她在拉罗什附近的一家夜总会遇到了让-皮埃尔，三十年后还深爱着他。她把包落在了她刚做过保洁的一座房子里，直到让我搭车，看到我在副驾驶位子上坐下才想起来。我们一起掉头去找包。一到那里她就看到了，房主把它放在了大门口，这样就不用再开一次门。玛蒂娜拿到包便回到车上，我们就离开了。

我跟你讲过萨布丽娜吗，她本来要去奥罗纳附近和乔纳当约会，却突然说她不爱他了。我要离开他。她语气坚决，就像是一句承诺。我每周都去他那里，每个星期五晚上我乖乖地去找他，现在也是，他完全不知道我的心情，还等着我，就好像我们马上就要一起生活，但我知道都结束了，我希望这一切停止。她等了一会儿，自言自语说我坚持不下去了。她竭尽全力忍住眼泪，她微笑地看着我道歉。我已经尝试了一年，对不起我唠叨这些，我是故意的，我跟自己说这样说不定能让我待会儿有勇气和他分手。

我跟你讲过那个年纪特别大的老先生吗。车门刚关上他就跟我说，你是我这辈子载过的第二个搭车人，第一个是四十年前，然后他给我讲了他对于那个人的记忆，古怪，离奇，那个搭车人不愿意跟他说自己的职业。他的穿着很不错，看起来很自信，他只是反复说自己是法兰西共和国的高级公务员。哪个部门的高级公务员呢。司机问了好几次，几乎不抱希望时，那人终于松口回答说我是刽子手，用的再平常不过的语气，我是共和国的刽子手，上一个刽子手是我叔叔，现在的刽子手就是我，这是官方头衔，刽子手，断头台，砍掉脑袋，这就是我干的活。这件事发生在1977年，离废除死刑还有四年，后来又有两次处决，法国历史上最后两次，每一次报纸上的评论都连篇累牍。被指定监刑的法官莫妮可·马贝利讲述了最后一次处决，以示冷对抗。她尤其提到这位刽子手给凌晨四点被叫醒的死囚摘掉手铐时开的那个阴森的玩笑，他的话令人又恐又悲，这是她的原文。他说，嘿，您瞧您自由了。接着他给了死囚最后一支烟，最后一杯朗姆酒，然后砍掉了他的脑袋。

14

搭车人会持续一周不在，有时候是两周。我几乎每天都见到亚古斯丁。有时候玛丽忙不过来，我会替她去学校接他。他发现我站在学校门口那些家长中间，立刻就明白了。他毫不抗拒地走向我，并不怎么失望，也没有特别高兴。他只是走过来。我不需要跟他解释我为什么在这里。我们俩一起离开学校。我问他想做什么。我带他去吃可丽饼，或是从多媒体图书馆借一些书，或是去电影院看电影。

我尽量不跟他提起那个话题。

你还好吧，想爸爸吗。

这样的句子很可能会让他情绪失控，会让他用那双黑眼睛所能流露的最愤怒的眼神盯着我，我会觉得自己顷刻就摧毁了我们俩之间慢慢建立起来的信任。

有些下午我们也会拿上一张地图，把它铺在面前，就像看着某个藏有宝藏的海岛地图。我们努力猜测他在哪里。我们轮流来，用巫医或者魔法师的方法，随便朝地图上一指。我们在手指落下的地方画上一个小小的叉，然后认真地记录日期和时间：11

月18日星期一，下午5：39，55号高速公路，奥莱松至西斯特隆半途。11月19日星期二，晚上7：23，765号省道，鲁贝至图尔宽段。

这样等他回来我们就可以问他。

这样就知道咱们的小手指头有没有偶尔说中一回。

我们变换话题，重新开始画画，念《海鸥乔纳森》，讨论足球规则，刚刚一起看过的电影，收音机里听到的这首或者那首歌。

跟亚古斯丁一起时我要快乐，跟我一起时他也一样要快乐。这是我们的规矩。我当然可以担心。他希望我别说出来。即使笨拙，即使没天分，起码我必须表现得平静。他是那种一下子就会知道的孩子。他感觉得到你在想什么，感觉得到跟他共度的时间对你是乐趣还是煎熬。你对他怎么样他也会对你怎么样。不是你自以为给出的东西。不是看你送给他多少礼物。不是。是你有没有真正对他抱有感情。

他的父亲的缺席就像是我们之间的一道深渊。禁忌区域。他或者我都无权打破的一大片沉默。

有时候，搭车人会在出发前对我们笼统地说起他的目的地。在地图上指出还没怎么用水笔记录过路线的一片区域。莫尔旺高地。马恩省。法德交界。康塔勒省。就像是一个大致方向，初步准备探索的区域，之后可能会扩展出去。或许很快就会被另一块区域代替，但不管怎样，基本还是在他最初目标那一带。

这使我们可以缩小猜测的范围。

莫尔旺是什么样的。亚古斯丁问我。

我告诉他那里有阔叶林，圆圆的山丘，成群的奶牛，河水，水渠，船闸，锯木厂。我打开《树木指南》。我上谷歌图片搜索。我看着屏幕一点点覆满叶绿素充足的景色，一点点填入这个完全由森林、河流和卵石构成的地区的零星碎片。我向亚古斯丁展示各处的钟楼、板岩屋顶、河流上的桥梁。我输入那一带高速公路服务区的名字。热纳托瓦。拉夏伯纳。艾尔沃。蒙莫朗西。鲁飞。我看着它们的卫星图，或大或小，向灰色绸带般的高速公路两侧对称突出，像是耳朵，其间闪亮的斑点是停着的一辆辆汽车。

亚古斯丁看烦了，继续去玩。我一个人继续沿着高速公路前进，想象着搭车人就在这条绸带上的某处，在洪流的中心，看着车窗外不断流过的森林、田野，相同的山毛榉和相同的路堤，闪过相同的被秋天褪光叶子的葡萄藤，相同的浅灰色朝鲜蓟田，相同的苜蓿小路，相同的休耕地，相同的覆盖着黑色或白色长条地膜的畦田，相同的奶牛群，相同的小树林，相同的防风杨树林，远处村庄里相同的钟楼，在低垂的天空下穿过的商业区里相同的刺眼的招牌，城市出入口相同的指示牌，圣埃蒂安杜蒙，萨扬，索恩河上渡口，亚提斯，格莱斯，圣马丁德科洛，路德亚克，吉沃，圣安德奥尔铺，圣灵桥，蒙太古，拉特朗什叙尔梅尔，利摩日，巴约讷。

法兰西。

这个极度模糊又极度分明的整体,他基本上总是以上路向其发起冲击。

我不离开法国。

有人问他要去哪里时他就会这样回答。

我不离开法国。好像这样就能让人安心,好像法国是一块足够熟悉的地壳,没什么可担忧的。

我不离开法国。他说这话时就像在说我最多只走到街角的咖啡馆,你们别担心,千万别以为我要去大老远,完全不是,我就在这里,我就在很近的地方。就好像法国并没有 64.3 万平方公里,不是从布列塔尼到尼斯,不是从昂代伊到雷米尔蒙。我不离开法国,就好像别的都是小事,上萨瓦省和朗德省的差别并不比一地同一广场相邻的两座咖啡馆总能比出的高低更重要,洛林地区与蓝色海岸之间的温差和一千公里距离也不过就是到小镇主街这头或那头多走几步或少走几步的区别。

有些人嘲笑他,批评他从不游逛,从来不在任何地方停留。

法国,法国,可你究竟看到了什么。他们这样嘲笑他。你忙着以每小时一百三十公里的速度穿过法国你又弄明白了什么。你从来不离开高速公路最多只在最近的一级方程式经济型酒店睡一晚。

他并不气馁。他露出他最灿烂的微笑,然后回应他们。

那又怎么样。

那又怎么样,说到底法国不就是这些吗。

透过汽车或高铁的窗户看到的森林和田野。如今对我们大部分人来说，法国首先不就是以这样的面目存在的吗。瞥见的一块绿，一块褐，就在高速公路护栏外，每个人都沿着这护栏开过无数次，都能描述它，它的凸起，它的光泽，那些陆离，那些铆钉。

公路护栏，我们国土上真正的连字符。他玩笑道。从普罗旺斯到佛兰德，从汝拉到朗德。有些人遍寻不着的法兰西特色的真正标志，就像德国公路护栏一定也是德意志特色的标志，意大利公路护栏也是意大利特色的标志。

他宣称用不着去别处找。他说这就是法国。法国是拉成一线的公路护栏，是护栏外远处闪过的教堂钟楼，是村庄中成片的房屋，才进入视野便消失不见，被荆棘和一丛丛树木吞没，被起伏的地形、浓雾、山丘与平原的苍茫色调吞没。周围重归空阔。田野。劳作后的犁沟。这半抽象的画面我们无动于衷地看过上千次，年复一年，它与我们融为一体。它与我们的感觉变得如此私密，最后栖居在了我们身体里。如果哪天我们偶然越过比利牛斯山进入西班牙，或是跨过莱茵河来到德国，我们马上就能知道变化。一种无法解释的陌生感会隐隐提示我们，这里不再是法国，紧接着就会有个声音悄声说出这一判断。

他热爱高速公路边上的栗色指示牌。热爱这些在荒芜的景色中读到的鼎鼎大名，它们就悬在紧急停车带上方。拉斯科岩洞，多罗内修道院，加尔大桥，吕贝隆高地，瓦卢瓦尔修道院花园，萨拉古湖。他满怀热情地凝视它们，顺着箭头所指的方向向远处张望。只隐约看到空地、树林、完全荒芜的山丘也能让他觉得高兴。就好像那些栗色指示牌的使命与其说是指引我们开到什么地方，他说，倒不如说只为了让那些地名在景色中产生回响。投罩它们的光环。提醒我们有幸住在这样的国度，法兰西这个宝库，因为这些名胜，我们不定哪天就会决定前去一览，即便当下仍继续以五档的速度行驶，冲开眼前的景致。道路蜿蜒，我们慢打方向盘，丘陵如线，平静地折叠又展开，风景龟速般缓慢轻柔地舞蹈，山脉和平原缓缓移动，像是大象拧转身躯。

他热爱高速公路。高速公路上的顺滑。没有向后走的可能性。在高速公路上永远无法回头，他说。没有后悔的余地。经过收费站的时候我们会停下，会加满油。然后我们再次出发。向前走，总是如此。我们吞咽着空间。我们征服空间。我们吃掉空间。预计五小时七分钟后到达。导航系统播报说。预计三小时二十三分后到达。预计五十三分钟后到达。这不再是空间。这是时间。我们眼看着它消融的纯粹的时间。

有些人一直站在河边，他重复道，还有些人本身就是河。

他宣称错过法兰西的是公路护栏另一边的小农场，绝对不是他。

15

搭车人并非在逃避。我要用力地大声说出这句话。当他在家的时候,他就全身心地在那里。心情愉快。神情愉悦。他知道自己是幸运的。我经常看到他拥抱玛丽,寻求她赞许的目光,努力让她大笑。搭车人是爱她的。这点毋庸置疑。他不是那种感到窒息、溺水,缺乏勇气、强忍多时才终于敢离开的男人——他们号称忠诚,其实只是没胆量而已。还有什么能比把桎梏当食粮的男人平庸得更可悲呢。

就好像他总需要让自己的轨迹与别人有所交集。就好像他的渴望、他的好奇心、他的欲求都让他本能地无法拒绝一次又一次可能的相遇。或许比起其他人,他能更清楚地意识到还有许多其他人与他同时经历着生命的疯狂。或许他能更敏锐地觉察到他们在自己周围存在着,跟他一样忙于活着,相爱,死亡。

在我这一生里,只见过少数人从来不把他人看作负担、疲惫、烦扰。相反地,在他们眼里他人往往是一个机会。一场节庆。一种额外生活的可能性。搭车人就是这样的少数人。就好像他在思想上始终觉得他在路上遇到的每个人下次就再也碰不到了。就好像他认识到，若要了解那人，就要趁现在。

他出门两个星期后回来。他非常高兴再见到我们。非常高兴能重新躺在舒适的家里，品味其间的平静。他是回归的男人。重返地面的矿工。与整个宇宙秘密肉搏数周后累倒在自己床上的永恒工作者。我觉得他长高了。变强了。变得比以前还要强。他变得如此强大，以至于当下的一切对他好像都微不足道。他抱起亚古斯丁，把他举高到天花板，就像举起一片羽毛。孩子大笑着。因为感觉到父亲充满着超越常人的力量而开心地大笑。我看着孩子贴着天花板。搭车人的双臂充满力量，就好像他的所有疲劳都已经不复存在。

我想知道他战胜了怎样的困难才能以这样的状态回来。我站在他身边，就好像看见一只汁水饱满的橙子，被一层极厚的外皮包裹着。我感受到它的饱满，它复杂多样的内在。不可触及。

他需要一些时间才会敞开自己。

当他终于重新开口说话，那声音却是温柔的。非常温柔。就好像在家中重获的平静是他离开的时候想念得最痛苦的东西。他再也不想失去的东西。

我和玛丽看着他在花园里和亚古斯丁玩。这高大的巨人。这股行进的力量。这个想要一切的男人。拥有一切的男人。

他们想必尝试着交谈过，玛丽和他。

他们想必意见相左。

那你为什么不也去搭车呢。我想象搭车人对玛丽这样提议。

我想象他,这个大疯子,试着对她这样说:我们换着来吧。

我们换着来。我来照顾亚古斯丁。

这句话说得无比平静,就好像他确信自己提出了一个好主意。

我们轮流出发,这样你也可以到路上去。

她那双悲伤的大眼睛看着他。

这个打碎他们生活的家伙。

这个让他们三个人的幸福沉没的破坏者。

她或许只回答了几个字:我爱你。

我爱你你为什么不能简简单单地留在我们身边呢。

为什么你竟然连在家连续待上十天都做不到呢。

16

有天早上我做了他的搭车司机。他磨磨蹭蹭,我也不知道他在家里耽搁那么久是要做什么,懒懒散散,不像平时那样急着再出发。差不多刚过中午的时候他按响了我家的门铃,肩膀上搭着空瘪的背包。冬天来了。白天很短。他问我能不能捎他一段路。把他放到高速公路入口就行。我跟他说我可以做得更多,我可以开车把他送到朗松服务区。

离这儿有一个小时车程呢。他一开始表示拒绝。

四十分钟。我耸了耸肩说道。

他微笑起来。

既然你有空,那我是不会再拒绝的。

我们走向我的车。他坐进我旁边。我们离开了城市。走上了四车道。景色开始迅速后退。光秃秃的田野。陷入冬季的乡间田野。我加速,超过一辆卡车,然后是另一辆。我跟他想的应该是同一件事:有史以来第一次,他搭了我的车。

二十岁时,我们经常一起搭车去朗松,被司机放在那座庞大无比的服务区,最多几分钟就可以再出发,一直被带到我们当时上学的巴黎。就好像没有比这更简单的事情。就好像从朗松出发一天走上八百公里只是儿戏，是全世界最轻松的事情。

朗松，完美中转站。所有司机的十字路口。如此快捷的跳板，以至于从那里出发并安全无虞地到达想去的地方几乎是不怎么值得自夸的事情。

你要去哪儿。我问道。

大概是往诺曼底方向吧。

你有具体的目的地吗。

有人跟我说过奥恩省的田园风光。他们跟我说那里很漂亮。然后我会往海边走一段。我还从没去过特鲁维尔呢。

特鲁维尔。我重复道。杜拉斯。普鲁斯特。黑岩旅馆。

我可以去。要是这能让你高兴我就去。当心点，那儿有个测速雷达。

我瞥了一眼车速表：一百三。我减速到一百一。我开过了那根带有黑黄条纹的灰色小柱子。

你要去很久吗。我问道。

看情况吧。

我看见他转向车窗那边。凝视着公路护栏另一侧的平原。

玛丽已经受够了我出门。她说我有毛病。还说我总像这样想要离开是行不通的。我问她想不想我，她回答我说不想。她直视着我然后跟我说了实话。她越来越不想我了。她说自己很难过，但并不是我以为的那个原因。并不是因为我离开了。并不是因为我不在。她难过是因为她习惯了。她难过是因为那些时刻几乎完全无法影响她了。我不在的那些时刻。

他叹了口气，继续说下去。我能感到说这些让他多难受。

你也开始了解玛丽了。你知道她的坦率。她看着我，她看出我还没完全听懂她说的这些话，于是把话说得更敞亮了：当你离开的时候，我甚至不难过了。我很平静。我有了自由支配的时间。亚古斯丁一上床我就接着工作。我整晚都可以在桌边工作。我有进展。你在家的时候我从来没有过的进展。每天晚上好几页。我投入到要翻译的书里，我住在故事里，我感到它和我变得亲密。我很幸福。当你回来一切就停止了。我催促自己，快点他要回来了。以前我期待这个时刻。我急急忙忙地完成最后一页好迎接你。现在我同样急急忙忙。然而是那种某个陌生人即将到来时的急急忙忙。他将要打断我的激情，中断我的注意力，夺走属于我的世界。

他努力诉说这一切，几乎没有停顿。我们经过了文塔布兰服务区。一个破旧的小站，每十分钟才过三辆车，只有几间厕所和一个休息区。我始终没答话，集中精神开车，等他自己接着说下去。

她跟我讲了她的日子。没有我的平静日子。她跟我说她见过你。还说她很喜欢你。她说你们一起度过的时间越来越多。

他笑起来，笑得有点勉强。

我对你发誓她跟我这样说。她说她已经能非常好地面对我不在的日子了。我连一秒都不该认为自己是不可或缺的人。

她只是想刺激你而已。

他摇了摇头。

她很难过。她跟我说这一切时语气也很难过。她跟我说：你离开的时候我不觉得自己不幸。她说这话时很伤心。你的离开不再困扰我了。她难过地对我这样说。你离开我这件事完全不会困扰我了。这样说的时候她几乎哽咽起来。可我今天早上都做了什么。她前一天晚上跟我这样说而我在第二天早上做了什么。我像个蠢货一样离开了她。我没有战斗而是当了逃兵。我再一次离开了。你能相信我竟然这么蠢吗。该死的我离开了。我再一次离开了。就在显然应该留下的时候。

朗松服务区在我们前方不远处露出头来。只剩一公里。已经能看到公路两边加油站的彩色指示牌，还有凌空跨越公路的饮食购物长廊。

我们到了。他自嘲地笑着说。你看平常都是我听别人说话。我跟你说过这些烦人的车里总会发生一些事情的。

我靠近加油泵。减速将车停在加油站的预制板屋顶下，就在停着的车辆中间。我不知道是不是要像一般司机那样做。就当他并不是我朋友，刚刚也没有几十年来第一次向人倾诉那样的情况来。让他下车，然后一边祝他好运一边驾车离去，就像全世界所有的搭车司机通常做的那样。

我请你喝咖啡。

这个建议来自于他。不只是一个建议。一句让我几乎没有选择余地的断语。

来吧我请你喝咖啡。听到这句话我微笑起来,他说得是那样自然,就像是邀请我去市中心最热闹的露天咖啡座,在最时髦的地方请我喝一杯想都不敢想的咖啡。

我停好车。我们下车,体验到在服务区小憩时那熟悉的感觉:伸展四肢、拉伸胳膊和双腿的快乐。在颠簸的车厢之后,是脚下坚硬、漠然、异常板正的柏油路。

我们往周围看去,端详那些熟记于心的装饰,地上涂的白道,人行道掺入浅褐色颗粒的水泥路肩,成对的垃圾桶,黄色是可回收垃圾,白色是其他垃圾。加油泵对面快餐店的卷帘窗口。站在入口抽烟的人。带箭头的指向牌,有卡车区域、轿车区域、野餐区域。

我们走进快餐店,还是那样的氛围,充满了咖啡因的味道和终于自由的小孩活动腿脚时兴奋的叫喊。空气是暖和的,疲惫的,黏糊糊的,被反复吸入吐出直到变得浑浊。我们走过成排的装食物的冰箱,里面装满了塑料包装三明治。维也纳面包三明治、瑞典面包三明治、特软面包三明治、面饼三明治、挪威沙拉三明治、意式沙拉三明治、墨西哥沙拉三明治、特大俱乐部三明治、三种口味混合俱乐部三明治、香葱蛋黄酱鸡肉三明治、无边面包片胡萝卜培根三明治。

我想起我们有一次一起从意大利回来,从罗马出发,两天后到了这里。那是六月末或七月初。出发那天艳阳高照,现下有多冷,那天就有多热。第一个晚上我们睡在拉斯佩齐亚港,就在搭车人去热那亚海滨度假的朋友的小帆船里。第二天,在芒通附近,一群警察把我们赶出了收费站。我们只好戳在专门留给最慢的那些车的路边等着。那次等得可叫人绝望,那里偶尔才经过一辆车,几乎全是老掉牙的卡车,让人异常泄气。

咱们还能搭到车吗。

从罗马到拉斯佩齐亚再从拉斯佩齐亚到芒通就是一眨眼的事儿,可现在,就只能在这儿过夜了吗。

就在那时我们看到它开了过来。引擎轰鸣,臭气熏天,体量庞大,绿得跟法国所有垃圾车一模一样。它开得如此之慢,以至于一切潜台词都显而易见:我当然要走右边车道,我要带着一车垃圾开过这两个拿着搭车牌子的年轻人面前,要是他俩被熏到那还真是不好意思了。

纯是为了找乐,我们装模作样竖起拇指要求搭车,同时举高手里的牌子,那上面写着:巴黎(Paris),其中字母 i 的圆点是一轮太阳,穷开心而已。

司机笑起来。他打开车窗拿了收费站的票据,俯身看向我们。

要是你们乐意我可以带上你们。

他的表情像在对我们说:敢坐吗。

我要去图卢兹,我可以帮你们解决两百公里,一点不费事。

我跟搭车人对望了一下。接着我们异口同声地说那就走起。

来吧我们走起。

我们登上踏脚板,跳进驾驶室坐在乐不可支的司机旁边。

搭上了一辆垃圾车。

我们发现后面还有另一辆垃圾车跟着。

那是我同事,我们是个车队。

那还是对讲机的年代。搭车人随身带着一盘法布里奇奥·德·安德烈的磁带,是他在罗马街头从黑市小贩那里刚买的。他问垃圾车司机认不认识这个唱作人。法布里奇奥·德·安德烈,意大利的乔治·布拉桑斯。好吧,别人总这么叫他,搭车人说道。只要那人唱的歌词讲究些,自己弹吉他伴奏,人们就会管他叫某某国家的布拉桑斯。布拉特·奥库扎瓦,俄罗斯的布拉桑斯。帕可·伊巴涅斯,西班牙的布拉桑斯。也可能只有我们法国人这么叫他们,他笑着说道,或许对西班牙人来说乔治·布拉桑斯是法国的帕可·伊巴涅斯。

你听过法布里奇奥·德·安德烈吗。搭车人一边问司机,一边给他展示还没拆封的磁带。司机表示从没听过,于是他拆开包装,将磁带塞进了车载音响。

带子里是对一些著名歌曲的翻唱,译成了意大利语。《保镖》《为思想而死》《苏珊娜》[1]。

《苏珊娜》是我最喜欢的歌。司机说道。

---

[1] 前两支歌都是布拉桑斯的作品。《苏珊娜》原唱是加拿大作家、唱作人莱奥纳德·科恩。

他听着德·安德烈的版本。低沉的嗓音。朴实无华。意大利语截然不同的音色，更连贯，更开放，起初有些古怪，不像英语原版那样暗沉。以自己的方式表达得同样华丽。

司机眉飞色舞。他想跟坐在第二辆垃圾车里的同事分享自己的喜悦，于是打开对讲机，把自己的通话器凑近挂在驾驶室顶上的扬声器。

帕特里斯你听。

这句话伴着嘈杂的电波声，说给在我们后面隔着两条白线的距离，正在同样的垃圾车里操纵方向盘的那个同伴。

你听，这歌多好听啊。

这是什么。那个人问道。他在我们后面五十米。

你猜。快听。

是什么啊我听不见。

意大利语歌。快听你肯定能听出来。

他的胳膊伸得笔直，把对讲机话筒贴着传出音乐的扬声器，坚持了整首歌。接着又坚持了整盘磁带，就这样一直举着手贴着车顶，不露一丝疲态。我不知道他的同事是否关了对讲机。或者换了频道。或者从始至终虔诚地听着德·安德烈的声音。总之我们再没听到他出声。

在这期间，搭车人和我很快找到了另一个值得担心的问题。我们这辆车的车速充其量每小时六十公里，贴着道路右侧前进，就像赛狗时当诱饵放出的兔子，不过是只拉肚子的瘸腿兔。四只蹄子被射穿了三只。

超过我们的每辆车都让我们无比憧憬。它们卷起的每阵风都像一记耳光,差别怎么会这么大呢。真该死以这种蜗牛速度我们这辈子也没法从芒通开到埃克斯了。这几乎是一场实验。以拖拉机的速度来体验高速公路。每到一个服务区我们都犹豫要不要下车,可又担心会让垃圾车司机觉得脸上无光。最后我们横下一条心。我们干脆舒服地待在座位上,一直聊天,就好像我们还有一辈子的时间,这在当时倒也不假。

五个小时后,我们在朗松下了车。就在现在这个地方。就在这些加油泵前面。我们跟垃圾车的司机哥们儿说了再见。现在我们又到了这里。我开着一辆对我的各种需求来说绰绰有余的雷诺轻型小货车。搭车人还带着跟以前一样的搭车牌。只是我们俩都老了一些。诚然,还有一段可观的人生在等着我们。但显然短了许多。

我要去洗手间。搭车人说道。

我们一起去了洗手间。我洗了洗手,把双手伸到洗手池边热风滚烫的干手器底下。我们重新出来,一直走到热饮销售机旁边。搭车人往其中一台投了一枚硬币。机器发出轰鸣,白色的小杯子落到托架里,慢慢倒满黑乎乎的液体。

你想跟我一起回 V 城吗。我问道。

他拿起小杯,把它递给我,轻轻摇了摇头。

谢谢,不过不用了。

回去吧。我说。

他往机器里放了第二枚硬币，又点了一杯浓缩咖啡。

不用了。他重复道。反正也无济于事。

我感到了他的不满。我不再说话。他走到一张小小的高脚桌旁，坐上吧台椅，把咖啡放在桌上。他等着我过来坐在他对面。透过卷帘窗口我们能看到停车场上的汽车。用水泥仔细围成的花坛里厚厚的草地。供长途货车司机使用的简易混凝土洗手间和淋浴间。

我后来又想过那天晚上跟让娜的讨论。我们俩都坐下后他说道。我想起她的问题：为什么。为什么你要这样做。我又想起了自己当时提出的理由。当我尝试解释自己为什么做这一切时，我通常会提出类似的理由。热爱相遇。想要认识他人。想看看这个国家。悠闲地游览别处。让娜说得对：真正的问题恐怕不止于此。我们理所当然地想见到自己喜欢的人，迫不及待地要与他们重逢，这没问题。可是，渴望与那些我们尚不认识的人度过一段时间，想要认识抽象的男男女女，没有对应的面孔，没有具体的轮廓，仅仅是理念上的男人和女人——真的有人会产生这样的想法吗。

他喝掉杯里最后一点咖啡，眼睛一直看着窗外，有一辆载着一家人的轿车开进服务区，刚刚停稳。他看着车门依次打开。一位家长下了车。接着是另一位。一扇后车门打开了。伸出一个少年的两条腿。父亲打开另一侧的后车门，解开在安全座椅上坐着的三四岁大的小女孩。

我知道,一旦离开,我和玛丽之间的关系就毁了。然而,我还是离开了。我甚至没法说"然而"。几乎可以说正相反,我正是因为不该这样做才离开的。我清楚地意识到自己在做蠢事。这是完全错误的,然而。一切都告诉我不该做,这是愚蠢的——于是我做了。我这样做了,因为我觉得这很严重。就是这样。一切都太好了。一切都太完美了。我身体里的什么东西想要打破这一切。从中解脱。哪怕让人失望。哪怕毁了一切。

他有些悲哀而自嘲地笑了。他盯着我看。

你肯定在想我疯了。

没有。我在听你说话。

我觉得我疯了。我不知道自己脑袋里为什么会填满这样愚蠢的念头。我觉得如果我不那么爱玛丽和亚古斯丁的话,事情就简单多了。我就能觉得自己不那么像个囚徒。我就不会像现在这样束手束脚。从某种程度上讲,正是这点让我觉得沉重:我太爱他们。我这个父亲太有爱了。

他扔掉一次性咖啡杯,问我是否还要再来一杯。我谢绝了,我扔掉了自己的杯子,表示我不想再喝了。但他几乎没看到。现在已经没什么能打断他了。

我要再来一杯。

他径直走到机器那儿,又拿着一杯新买的咖啡回来。

我想起那天,我意识到自己成为大人的那天。那时我已经跟玛丽一起住了，亚古斯丁已经两三岁，我也工作了好几年，干的活儿就跟现在差不多，给这个人做点儿木工，给那个人修修弄弄，有必要的时候就做做电工，要是有人需要帮忙当个水管工甚至园丁也没问题，活儿不是特别多也不太少，刚够维持收支平衡，给家庭生活出我的那份力，还能给自己留下一些时间，不至于整天困在工地里脱不了身。玛丽已经在做翻译了，翻译罗多利和她喜欢的其他作家。也就是说，那时候我们的生活已经跟现在差不多，我们很满意，还常常觉得自己很幸运，我们在V城过得很惬意，我们在这里有了朋友，我们觉得可以在这个地方待上一阵子，简而言之，我们那时候过得很好。

后来，有天早上，我起了床，我对自己说没问题了，你长大了。我意识到我不能再跟自己重复这句话：以后等我长大。已经是现实了：我已经长大了。我在不知不觉中变成了大人。没有任何人来通知我。我懂了，成为大人之前可能不存在什么考验。没有需要战胜的恶魔，也没有要一刀两断的绳结。没有庄严的锣声。没有父辈的声音在我耳边说，就是现在，你是大人了。我懂了，成为大人可能不需要越过任何界限。没有任何要闯的难关。没有任何要跨越的障碍。成为大人，从此不过就是：继续当下，继续这种缓慢的转化，继续这种几乎无法觉察的渐变，仅有的迹象只是我某些衰退的能力，我和玛丽变得灰白的鬓发，对我们以前曾会视为生活乐趣本身的某些疯狂之举越来越频繁的放弃，亚古斯丁每年长高的个子，总是更旺盛的精力。还有他日益增长、每天同样会多吞噬我们一点的胃口。

我意识到不会再发生什么了。不必再有任何期待。一周接一周的日子会继续这样过去，时间会继续这样一年接一年地缓慢流逝，每一年会大同小异地充满计划、欲望、热情和大同小异的晚间聚会。有些日子会过得扣人心弦，有想象力，有光明，所谓满满当当的日子，就像我们面对射成筛子的靶子会说满靶全中。有些日子则因为夜晚来得太早而不得不放弃。因为太累或其他琐事而荒废。白白浪费。毫无热情，毫无乐趣，毫无真正的生命冲动。提不起劲的日子，留给过早到来的晚上，降临的夜色。尽管我们努力推迟失败，却不得不认输，一边走去睡觉一边赌咒发誓明天要过得更花心思——更有想象力，更清醒，更像是活着。

搭车人不再说话。入口的玻璃门开了。有个人走进来，身后跟着他的孩子。他径直走到收银台。我看了看手机：我们已经在这里待了整整两个小时，戳在这张高脚桌旁边，搭车人的背包扔在我们脚下。我觉得我们周围的人换了得有十批。

我意识到了一个诡异的事实：我们俩必须跑到这么远的地方，在高速公路服务区快餐店这张狭窄的桌子旁边，才能有这场不比以往任何一次的谈话。

我问他是不是该走了。现在已经晚上五点，眼看着天就要黑了。

他看向我。

你急着要我走。

我是为你着想。要是你想今晚到诺曼底，还有好长的路要走。

他微笑起来。

我马上就走。你别担心。

他戴上手套，扣好绒帽，拿起背包。我们走出快餐店。

你要找谁下手。

那边那个司机，一个人，75省的车牌。他就是给我准备的。

我们相互拥抱。我祝他一路顺风。他从背包里拿出一个小口袋，里面是一沓薄薄的白纸，纸上都用黑色记号笔写好了字，大部分都被水打湿过，褶皱得不像样，起码用过二十次。他翻出写着"欧塞尔"的那张，把它固定在口袋外面。

一下子就到欧塞尔，你确定吗。

起码得到欧塞尔，这还算保守的呢。嘿，咱们这不是在朗松吗。

他摇晃着那张卡片，把上面的地名展示给停在我们面前的司机们看。

75省车牌大笑着说算了吧。其他司机也纷纷摇头。

一路顺风。我先走了。

离开之前，我拿出了自己的手机。

发给玛丽。别动。

我拍了照片，马上就把它发了出去。

我走向自己的车，边走边回头看了一两次。我看见搭车人绕着入口处那些抽烟的人转了一圈。然后走向停在加油泵旁边的汽车，面带微笑地挥动他的卡片。

发动的时候，我看见他在一位老妇人的车窗边俯下身。点头，像是在说好的。我没问题，好的。我看着他迫不及待地绕到车的另一边，95省车牌的黑色大众波罗小车。他打开右前侧的车门，钻进车里，背包放在膝盖上，拉过安全带，斜向扣好。

我缓缓地贴着还停在原地的波罗开了过去。透过关闭的车窗，我看见搭车人对我露出兴奋的微笑，嘴唇一张一合地说出他的目的地：巴黎。我竖起拇指示意他干得漂亮，又以朋友身份跟女司机打招呼。我看着她耳朵上沉重的镀金耳环，做过除皱手术的脸，玫粉色的翻领。这是那类在我看来绝对不可能、百分之一万不可能让人搭车的女士。

波罗在我的后视镜里远去。整个服务区都消失了。我看了看身边空着的副驾驶位。我发现座位下面落着一个硬纸信封。我没有停车，探身把它捡了起来。我把它打开。我看见里面装的卡片。布尔日。克莱蒙。里尔。维埃纳。勒芒。布雷斯特。雷岛。巴约讷。卡莱。贝桑松。

我想起自己正在写的东西，那本可恶的《商船上的哀愁》。我想起家里等我去填满的画布，就在小小的V城某幢毫无魅力的楼房的三楼。那些该死的画布，我已经费尽心力地搞了好几个月。

我打开收音机，调到法国文化广播电台，然后法国国内广播电台，再然后是3DFM电台。

我关上收音机。

我感到了孤独。

17

世界上有两种人。离开的人。留下的人。

回到Ⅴ城,我把车停在小广场旁边。我看见房子的铁门开着,知道玛丽在家。我敲了敲房门。她来给我开了门。我跟她讲了那个老妇人,还有搭车人钻进那辆波罗小车时的手势。

他有没有说他过多久回来。她问道。

我摇了摇头。

三天后我得去一趟巴黎。显然他根本不在乎这些。哪管身后洪水滔天。三天后我必须走,这是半年前就定好的。我该怎么办啊。

要是你愿意,我可以帮你照顾亚古斯丁。

她烦躁地挥了挥手。

我看情况吧。谢谢你。

她有些生硬。她的眼睛避开不看我。

我给你做杯咖啡。不好意思,我没时间陪你喝,我忙疯了。

她不等我回答就把已经热了的咖啡倒进一只杯子里,又把冒着热气的杯子放在餐桌上,然后上楼去了。

要是你愿意就在这儿坐着吧。不会影响我的。

我一边透过窗户看着花园,一边小口喝完了咖啡。我惊讶地看到那丛蔷薇还在开着同样的白花,好长的花期啊。我洗了咖啡杯。我把它放在洗碗槽里。我离开的时候带上了门。

外面很冷。

我看着自己的手机,找出让娜的号码,拨号,在接通前挂断。我沿着河往前走,停留片刻, 目光追随着那些海鸥,从河口,它们一直飞到了这里,上游五十公里远的地方。我再次找出让娜的号码。通话接通了。响铃一次,响铃两次。响铃十次。她没有接。

您好,这里是让娜的语音信箱。

我挂断电话。我回到自己家里。

一推开门,我就闻到了松节油的气味。我看见靠墙放着的画布,堆在一起的颜料杯。我放起音乐,关掉手机,免得有人来打扰我。

我一直写到晚上。

第二天,我几乎一起床就继续投入工作。

第三天也一样。

我完成了一块画布。然后是另一块。

我觉得再有一两天我就能全部完成。我觉得自己已经找回了节奏。

接着,醺然的状态结束了。已经过了午夜。我把刚刚完成的画布放在其他画布旁边。我检视它们。我再次思考自己最初的目标：在画布上留下某种类似于时间本身的东西。一小段可以感知的时间。

每一幅上都有坚持。有耐心。无尽的耐心。可是缺少优雅。很吃力，没有灵气。

我很失望。我觉得自己在浪费时间。我的头脑发热毫无意义，可笑，渺小。我觉得被甩干，被羞辱，情绪低落。但我也觉得某种沉重的东西似乎离去了。

我拿起几个星期以前玛丽借给我的那本罗多利的小说。我重新读了一遍封面上的书名：追求者。我感到自己只想做一件事：阅读。放松下来。我允许自己有了这样的念头。这让我如释重负。放松下来，直到有新的决定。

故事的主人公是康斯坦蒂诺，罗马市郊一座别墅的园丁。故事开始于一艘驳船饭馆，一切都很平静，那艘船随着河水静静地摇摆，夜晚的灯光摇曳不定。康斯坦蒂诺跟两个男人喝酒，三人喝得大醉，像是朋友关系。很愉快的夜晚。然而，不安的感觉在增长。一切都温柔美好，没有暴力，三个人客气地交流着。但康斯坦蒂诺意识到另外两个人是来杀他的。不声不响，不带任何多余感情地处决他。他们杀死他时会同样客气和温柔，就像在他人生最后一夜与他谈话时这样。

罗马城郊一片安静。康斯坦蒂诺每晚都在一座青蓝的广阔园林值夜，那里经常有杀手来掩埋尸体。他们会变换外貌，名字却从来不变，总是叫费德勒和奥塔沃，永远不变的费德勒和奥塔沃。有些夜里费德勒又矮又胖，另一些夜里他又高又瘦；而奥塔沃有时候戴一顶帽子，有时候又光着脑袋。最后，读者终于明白费德勒和奥塔沃每天晚上埋葬的死人就是前一天的费德勒和奥塔沃。整个故事都这样，有点儿神秘，同时充斥着黑暗和青蓝，仔细打理过的空旷草地上青蓝的夜，夜色中青蓝的花。

玛丽的翻译充满了令我无限欣喜的巧思。比如，园丁第一次独自在花园，决定浇灌植物，"因为太阳西斜，而康斯坦蒂诺知道，这是满世界人们浇灌花园的时刻"。我很喜欢这个表达：满世界。玛丽还把它放在动词前面。"满世界人们浇灌花园的时刻。"我真想看看意大利语原文，看看罗多利在这里到底写了什么。确切地了解意大利语原句，再来理解是什么促使玛丽选择了现在的译法，而不是另外一种。康斯坦蒂诺接通了水管，感到自己很重要，"他就是控水者"。太妙了。故事最后，他按捺不住，再次违反指令，遭到惩处，不得不永远离开花园，就像是被逐出天堂，只是在离开时，他说出了这些希望之语："世界很大，对于像我们这样的人来说，总有栖身之所。"这跟搭车人常说的话是如此相似。世界很大。就像一句口头禅。对于像我们这样的人来说，总有栖身之所。

我来到窗口。我看着对面的建筑，墙面因黑暗的天色而发蓝。

我想到几条街以外玛丽和亚古斯丁家的小花园。想到浸没在冰冷的黑暗中的花园植物。想到这座小城所有围墙后隐藏着的花园。想到罗马的花园中埋葬的所有奥塔沃和费德勒。想到毗邻的地方曾经是古罗马的公墓，想到种植着柏树的石棺大道两侧坟墓底下所有死去的罗马人，那些柏树夜间也会挺立着它们青蓝的身躯。想到黑夜这种奇怪的事物，黑夜就是无光，可它的存在是如此强烈，让一切都有了如此鲜明的质地，它毫无疑问是一种元素，绝不是无，而恰恰是一种有，一种水，一种爱的魔药。

18

早上照进客厅的阳光唤醒了我。我意识到自己睡在了沙发上。我坐起来背靠着墙,再次看向放在地上的画布。我打开窗户。我给自己沏了咖啡。我一边喝咖啡,一边看向对面那幢楼重新变成金色的砖石,侧面射来的阳光把墙面每一处毛刺都照得一清二楚。

我套上一件厚羊毛衫,出了门。我向河边走去。我遇到自行车上驮着个孩子的父母,遛狗的老人,慢跑的人。我意识到现在还早。八点才过。正是孩子们急急忙忙去上学的时间。

我来到河堤上。现在是一月初,河面很宽,河水缓慢地流淌着,像是被寒冷冻僵了。四个月过去了,我再次来到这里,来到了河边。搭车人在这四个月里做了些什么?他四处漫步,见到不同景色,遇见不同的人。也可以给他列一份损失清单:他耗光了玛丽的耐心。或许他们之间已经没戏了。他让无数个可以陪伴儿子的日子白白溜走。不会回来的日子。都失去了。无法挽回地失去。

我呢。我又做了些什么。我有一个考虑已久的想法,我把它化为了行动。我发现结果不怎么样。这不是小事。虽然过程缓慢，但我确实已经适应了在V城的新生活。我从人人邀请的新人变成了没人再邀的新人，因为人们发现我并不特别热衷于此。

我想起自己跟搭车人合租的日子。我整天读书，他整天在一家饭店打工。我从早读到晚。几乎每天一本。有时候是两本。两种不同的生活让我们产生的差距。他每天晚上回来时既羡慕又悲伤的眼神。因为看到我们俩之间逐渐扩大的鸿沟，因为这个我有他无的机会。一周结束，多读七本书。一个月结束，三十本。一年结束，三百本。有多少书，就有多少丈量过的世界、勘察过的风土，就有多少聆听过的人生、闻说过的话语——与此同时，他每天晚上结束服务生工作后疲惫不堪地回来，筋疲力尽，完全成了个死人。

如今轮到我感到虚脱。我沿着河边走了十几分钟，从第一座桥下走过，然后是第二座，现在我迎着太阳往前走，只要一看向波光粼粼的水面就被晃得头晕眼花。

我看见远处出现一个身影。

于连。我的堂兄。V城第一个为我敞开家门的人。

我意识到自己从那天晚上起就没有再见过他。我甚至一次都没联系他。

萨沙。他一看见我就跟我打招呼。

他拥抱了我，看起来发自内心地高兴。他看着我，这些年大部分堂兄弟大部分家族成员应该也都是这样看我的。一个略带疯狂的乖孩子，一个梦想家，别期待他会按部就班、恪守礼仪。

我刚从学校回来。送孩子去上学。我每天早上都从这儿走，咱们竟然从来都没碰到过。

这是我第一次这么一大早出门。我微笑着回答。

他大笑起来。问我推进得是否如我所愿。他的声音很温柔，发自内心的亲切和蔼。从中听不出任何责备的意思。

我回答是的，正在推进，有所推进，有时候也有倒退。

这些日子我真觉得自己在大踏步倒退，但迟早总会重新前进的。

我不确定他是否知道让娜和我的事。我感觉他不知道。一切都只有她自己知道。她甚至对他——介绍我们俩认识的人，也什么都没说。

我回到自己家里。我继续读那本罗多利。

快到下午一点时，楼下有人按门铃。

萨沙。

我听出那是玛丽的声音。我下楼去给她开了门。我看见她站在门口，手里提着一个装满蔬菜的篮子。

我去了集市，去的时候经过你家门口。

亚古斯丁呢。

他在一个同学家。

我拥抱了她。我提过她手里的篮子。

上来吧。

我们两个人站在楼梯下面狭窄的玄关里。我再次拥抱了她，就好像她迈过门槛、正式进入这座建筑的客观事实要求我再次向她致意。

谢谢你像这样突然过来。

她的脸颊和鼻尖都冻红了，让她看上去神情愉悦，微醺的样子。

在我们脚下，几个信封发出纸张搓皱时的声响。

有信。

我弯腰捡起从投信口塞进来的信。一张作家收入及纳税证明。一张电力公司发票。还有一张明信片，我们立刻就猜到了寄信人。

他居然写给你。我晕。

把他送到朗松的人有优待吧。

我把明信片递给玛丽，让她拿去看。她看着一大片沙滩视角的大海。距离海边几百米的地方能看到成块的混凝土，就像是掉落在那里似的，间距整齐，像是用来封闭港湾的一连串人造岛屿。她把明信片还给我，没有翻过去看。

我翻看了背面的文字说明：阿罗芒什，盟军登陆海滩。

他去了海边。玛丽微笑着说。我不得不取消巴黎之行而这位先生去了海边。

我们上了两层楼，走进我家。我把菜篮子放在角落。玛丽脱掉了外套。我看着她除去外套、不戴围巾的样子，突然就这样难以置信地毫无遮挡，这么近。穿着软和的羊毛衫，让人想要紧紧拥抱。

我还是很高兴看到他去了海边。我说。我觉得这是他这么久以来最好的一个想法。

我担心自己说得太过分,但她笑了起来。

你想喝杯酒吗。

她说好的。她走到我身边。

我们喝什么。

我从她身后走过,去冰箱里拿冰块。我们的胳膊轻轻相碰。我递给她一只杯子。

这是什么酒。茴香酒吗。

差不多。希腊的茴香酒。我上周在超市里买的。这通常是夏天喝的。只需要这样想象:现在是夏天,我们在希腊,天气很热,我们刚游完泳,躺在大石头上取暖,那些石头从早上起就被太阳暴晒着。

她喝了一口酒。咂摸着茴香和甘草的味道,就好像等着魔药起效。

听起来不错。

我抓住她的手,轻轻地将她拉近自己。我感到她的手触摸我的头发。我亲吻她的脖子,她的肩膀,她的额角。

了不起的萨沙。

她贴近我。贴得那样近,就好像想把她的骨盆嵌进我的身体里似的。我想要她。就在此时此刻此地,我想要她。

她再次亲吻了我,往后退了一步。

太荒唐了。她笑着说。

一点儿也不荒唐。我表示反对。

她拿起放在桌子上的酒杯,把它举起,示意要碰杯。

我昨晚读了康斯坦蒂诺的故事。我说。睡着的时候也在想。

她微笑起来。

是睡着了还想,还是想着想着睡着了。

睡着了还想。我梦见许多沉浸在夜色中的花园。几十个奥塔沃和费德勒埋葬在花丘底下。

你读了第二个故事没有。

我才刚开始读。

第二个故事更好看,你读下去就知道了。

我沉默不语。她看了看四周。瞥了一眼还放在门口的菜篮。望了望外面的阳光。

我只是过来跟你打个招呼,还得回去接着干活。

来了就走,那你的希望可是有点渺茫。

她指了指篮子里的皱叶菊苣。

那就给我们做点吃的吧,我快饿死了。

我抓起那颗生菜。把它放进水槽冲洗。它如此美丽,如此茁壮,以至于让我觉得抓在手里的是一只脚爪伸开的硕大螃蟹。我把拇指按在刀背上。一声轻盈的脆响,菜心一分为二。我掰开菜叶,最大的叶子有餐盘那么宽,我把它们切成两半。我准备好油醋汁和大蒜。我们吃了沙拉。

很好吃。她说。

是很好吃。不过好吃还是难吃我都无所谓，反正这是我这么久以来做得最像样的午饭。

搭车人的明信片就在那儿，在我们面前。

不如我们也去吧。我说。

去阿罗芒什吗。

不是，去海边。

现在可是一月十号。

那又怎么样。你看天气多好啊。

屋外的阳光温柔地给建筑物的砖石镀上金色。天空蔚蓝。没有风。

她看着我，就好像看着一个让生活变得更麻烦的孩子。他不去把握眼前的机会，反而选择继续去冒险。不过，这样的孩子更讨人喜欢。

她神情愉快地站起身，走到我跟前，亲吻了我，却没有留给我再次将她紧紧抱住的时间。

好呀，那就去海边吧。她说。我去接亚古斯丁。一个小时后在我家门口碰面。

19

我到的时候,他们已经坐在车里了。

后座上有两个人。亚古斯丁。亚古斯丁的同学:西蒙。

我们开了半个小时。两个男孩在后面讨论一款他们从来没玩过的电脑游戏。为到底在第几级会遇到千头怪物而争论不休。

池塘和稻田在道路两侧飞快地掠过。两个孩子看见了许多马,一只苍鹭。他们的笑声震荡着车里的空气。

玛丽把车停在海边。两个男孩跳出车外,朝大海直冲过去,就好像一秒钟也没法再多等。就好像极度的兴奋感已经在车里关了太久,必须立刻爆发出来。

我们看着他们跑向海水,亚古斯丁扑到一小堆金色的沙子上,西蒙也整个人扎进沙子里。两人重新站起来,再一次兴高采烈地向着大海进发。

周围冷冷清清,几乎没什么人。三辆车。一对坐在海边的夫妻。距离我们几百米远的地方,一个男人正在沙滩上遛狗。亚古斯丁和西蒙已经玩得不亦乐乎,他们俩趴在沙子上,就像两条晒太阳的鳄鱼。

我拿了足球和其他东西。玛丽关好后备厢。我们并肩走着。慢慢走在沙滩上,我们的双脚陷进沙里,令我们不得不在每次迈步时稍作努力。

我觉得我热爱这样:走在玛丽身边。看着她在阳光里在海浪的飞沫里往前走。看着她站着,直直地站在广阔的沙滩中间。可以随时走近她,轻轻触碰她的头发,她的双手。看着她的双腿伸直,放松,就在我的双腿旁边,我陶醉在美妙的兴奋之中。我兴奋地感觉到我们很近,虽不互相拥有,但已经很接近。

我们来到了海边。亚古斯丁朝我们跑来,上身已经脱光了。

妈妈,我们能去游泳吗。

你看看今天多冷啊。

我们不冷,妈妈,我跟你发誓。我们一直在跑,我们很热。

只要你们能下水就行。玛丽边说边耸了耸肩。

亚古斯丁凯旋地一跃。他重新跑向西蒙。

她说可以。

我们放下带来的东西,我们坐了下来。欣赏大海。海面的阳光。远处的油轮。我觉得天气也没有那么冷。或许等一下我也可以去游个泳。我脱掉了毛衣。

两个脱得只剩内裤的男孩冲向海浪。我们看见他们俩一碰到海水就大叫着往后退,大笑,再次大胆地用脚趾去触碰来来去去的水面。渐渐走进水里,直到海水没过脚踝,继续在每道海浪冲过来时大声喊叫,你推我,我推你,在遇上更强的涌浪时突然往后退。

玛丽躺下来，双臂举过头顶，搁在沙滩上。

我看着她舒展的身体，放松的双肩，向后仰起的脸。随随便便搁在沙子里的双手。我在她身边躺下。我们就这样待了片刻，我的腿离她的腿只有几厘米，我们的头顶是万里无云的天空。阳光晒得我们眼睑发热。我感到她用一只脚轻轻地抚触我的脚。

她的手机响了。第一次响了半分多钟，她一动不动。接着又响了第二次。

她坐起来，在包里翻找。她找到手机，看着屏幕。

是他。她说。

你开玩笑吧。

我确定是他。02开头，诺曼底的区号。我该怎么办，接不接。

她接通电话。我听出了话筒里传来的声音。

玛丽。

我没有动。偶尔传来亚古斯丁或西蒙的喊声，让我听不到话筒里说什么。但大多数时候，我能听清搭车人说的话。他在下诺曼底的科唐坦半岛。见鬼，我好冷。他说道。这里很美，可实在是够冷的。

你在哪儿。

卡尔特莱海滩。正对着泽西岛和根西岛。天气很好。我想你。

你想我。

我站起身，不想再听下去了。

我们也在海滩。玛丽停顿了一下说。今天星期三，天气很好，我们就跳上车出来了。带着亚古斯丁的同学西蒙。他们在水里。我跟你发誓，他们真的去游泳了。

玛丽看了我一眼。我看出她在犹豫。

萨沙也在。她最后说道。

代我向他问好。我没等他回应便小声说道。

他说问你好。

那通电话又持续了一会儿。接着玛丽挂了电话。她放好手机，重新躺到我身边。我感觉得到，她什么也不愿再想了。甚至不愿去想他恰恰在此时此刻打电话过来，到底是一个多么诡异的巧合。

我感到她的头轻轻地靠了过来。听到男孩们的声音突然接近，她再次坐了起来。

妈妈，我们能用你们的毛巾吗。

亚古斯丁急急忙忙跑回来，就好像有第六感知会了他一样。玛丽和我不得不坐起来，把我们的毛巾递给他。因为他一定要连我的毛巾也拿走。

两条。两条都要。我们要做个陷阱。

他迫不及待地开始在距离我们只有几米远的地方挖一个大洞。就好像他再也不想冒险跑远了。

亚古斯丁，爸爸刚才打电话来了。

玛丽努力用母亲的语调说话。亚古斯丁没答话，甚至没有回头看她。

亚古斯丁，你听到我说话了吗，爸爸跟你问好呢。

男孩继续跟同学玩沙子，就好像他并不想听到。

玛丽不得不提高嗓门。

亚古斯丁，你听见没有，我跟你说话的时候你要回答我。

男孩跟同学一起放肆地笑着。他让母亲又等了几秒钟，才终于带着些挑衅的神情回答。

好的，知道了，妈妈，我听见了。

20

那天晚上我半夜爬了起来。我想知道怎么可能发生这样的事。怎样的巧合才会让他刚好趁我们在海滩的时候打来电话。我看着那张从阿罗芒什寄来的明信片,仔细检查了邮戳,以便确定它的确来自那里的邮局。我看到类似于"格兰坎普 06—01—18,11 时"的字样。我没听说过格兰坎普。我查到诺曼底确实有地方叫这个名字。我打开搜索网页,输入那个城市的名字,找到市政府网站,一张接一张地浏览照片。有退潮后的广阔海滩,有从空中俯瞰的深入陆地的港口。有悬于海面之上的房屋,有长长的浮桥伸入大海,一直延伸到退潮时仍能通航的区域。一张黑白照片上是一艘以该城地名命名的军舰,它在沉没时造成六百人遇难。事故发生在得克萨斯的一个港口,原因是氨气泄漏引起的爆炸。我在谷歌街景上确认了邮局的位置,找到了正门的照片。我想象搭车人曾经从这道门走出来,就在 2018 年 1 月 6 日,上午 11 点以前。

我看向电脑上显示的日期和时间:1 月 11 日,星期二,3:45。

突然,我明白了。我无比清晰地看到了他,悄然隐藏在城内某个地方，距离极近，不为我们所知。或许已经回来好几天了。住在离这儿只有几条街的地方。就住在这种时候总归是空荡无人的某家旅馆里。或许就在离玛丽家或我家极近的地方。兴致勃勃地观察着他不在时我们的生活。窥视着我们的一举一动。今早玛丽提着菜篮决定来我家的时候他就跟在后面。发现我们在门口亲热问候的时候他或许咬紧了嘴唇。看着她跟我上楼。一个小时不出来。然后是两个小时。接着在她再次下楼时难以控制地继续窥探。仔细观察她的面孔。尝试从中读出她的想法。她或好或糟的心情。她的纠结。

我站着喝完了用微波炉加热的一点儿剩咖啡。我好像能感觉到他就潜伏在那里，隐藏在暗夜里的某个地方。或许他知道我正在失眠。在临走之前他留下某个摄像头，让他可以得知一切。

我头脑混乱地想到，或许他根本不曾离开。假装离开，然后立刻返回，逡巡在我们身边，就好像一个幽灵。我想起了让-克洛德·罗芒[1]，想起了所有招摇撞骗的人，他们不愿意承认失业的现实，于是每天假装繁忙，从早到晚在停车场之间游荡，在自己的车里吃饭睡觉——直到有一天动摇，崩溃，再也没法对周围的所有人继续说谎。

我坐到那张老旧的沙发上。

---

[1] 1990年代法国罪犯。伪称在世界卫生组织工作，实则无业，每日离家在外游荡，靠诈骗父母、亲友钱财维持巨额生活开销，18年间用谎言构筑起一个虚假人生，即将被戳穿时杀害了父母妻儿。

我想接着读那本罗多利，暂时投入到情节中，让自己换换脑子。我读了一页。又一页。然后我意识到自己根本就没有读。我一目十行地看完却什么也没记住。我把书放下。我在沙发上躺下。我看着天花板。盯着一张以前从没注意过的旧蜘蛛网，它积满了灰，应该在那里好多年了。

我爬起来，抓起车钥匙和外套，我下了楼。

我到了外面，城市冷冷清清。昏暗的路灯照着柏油路，光秃秃的树枝，寂静，草草补过的路面反射出亮光。

我走了五分钟，走到停在大街边的车旁，钻进车里。我发动汽车，沿着侧道的行道树滑行，无声地汇入死寂的城市。跟着感觉走。到十字路口就左转或右转，不用任何罗盘，只凭自己的直觉。

我来到河边。我看见护栏另一边的河水，泛着油光，漆黑，在没有月亮的夜里几乎毫无光亮。我掉头，驶向相反方向。我沿着古城墙边的停车场行驶。我过了小桥，一直开到商业区。空间开阔了许多。路灯稀少，数量不多但更亮、更高，从灯架上投下来的光更白，照着空旷的停车场。

我从远处仔细观察停在超大卡西诺连锁超市附近的那零星的几辆车。不放过任何一点引擎运转的声响，任何一盏打开的车顶阅读灯。我从一家小小的假日旅馆门前经过，它很像搭车人会入住的那种，每当他想洗个热水澡，有张暖和的床，睡个懒觉，他晚上就会去住这样的旅馆。我经过零活先生五金店、大操场玩具店、比卡迪冻鲜超市，以及商业区的最后几个店铺，都开在一个模样的预制板房子里，又矮又宽，阴郁的平行六面体，死气沉沉。我继续往前开，一直开到了铁路桥底下。

这时，我感到自己的心脏狂跳。在一家商店的停车场里，我注意到停着一辆租来的两厢轿车。一辆非常朴素的汽油动力车，基本款，后车门上贴着出租方的商标和日租价格。我看到方向盘前有个人。睡着了，侧躺在前面的两个座位上。我只能看到他的肩膀，身上穿的是一件黄绿色的连帽滑雪外套，搭车人以前有时也穿。

我开进停车场，朝那辆车开了过去。我的近光灯照向那辆车，雪亮的灯光正打在它尾部的车牌上，穿过整个车厢，把座椅靠背照成了剪影。我觉得搭车人肯定已经感应到了我。他肯定已经猜到了，照在后背上的强光是我的杰作。

我开车靠近，来到这辆沉睡的小车侧旁，车身贴着车身，驾驶位与前车门平行。我瞟向横躺着的身影，以便确定那就是他。就在这时，他动了一下，就好像感觉到我透过车窗看着他。他坐了起来，或许只是被发动机的声音和车灯弄醒了。

我差点发出一声惊叫。一张因为疲累而双眼通红的脸恶狠狠地盯着我。那人仔细刮过胡子，四十来岁，连帽滑雪衫下面是白色的衬衣，看起来简直像是直接从办公室到这里来过夜的。他摇下了车窗。

你怎么回事。你想干什么。

我结结巴巴地吐出几句乏味的道歉。

他看着我。

你在找人。

我点点头。

你去火车站那边找过了吗。

火车站那边的什么地方。

停车场里。

还没有。

去那边试试吧。经常有一两个人到那边过夜。

他这样说着,就好像每天晚上总有十几个像他这样的身影蜷缩在各自的车里睡觉。就好像他们是一帮子难兄难弟,一个超乎想象、不为人知的平行群落:停车场睡客部落。五湖四海的出走者同好会,每个人都不得不在夜晚努力在自己的车里安排出一个类似铺位的地方。寒冷与孤独对抗者的联谊会,每天晚上被打扰十次,被像我这样打开刺眼车灯的人,路过的闲人,还有警察。

我挥了挥手表示感谢。我看着他摇上车窗,重新躺下,把滑雪衫盖在身上当被子。我静静地重新驶入夜色。我到火车站停车场仔细查看了停在那里的车。老掉牙的车。里面的人完全不成样子。

我又游荡了整整一个小时。我回家去睡觉。我重新停回大街上那处车位,它仍然空着。就好像我到处寻找的那两个小时里附近根本没有一辆车挪过窝。我步行回家,一路上盯着一栋栋仍然悄静无声的楼房。我觉得他或许就在那里。或许他已经把一切都看在了眼里。

然后，我又想，也可能刚好相反。或许他是真的走了。再也不会回来了。

我把自己扔到床上。我沉沉睡去。

21

几天以后,玛丽发现家里的铁门开着。

你回来了。她一边推开门,一边简单地说道。

她没有向我讲述那个场景,这是我自己的想象。我仿佛看见她走进门,猜想他正坐在厨房的餐桌边,那是他最喜欢的位置,一定要正对着窗户,他可以透过窗子凝望花园和蔷薇,一边喝咖啡,一边观察鸟儿在黑土里觅食。

你回来了。

她语气平静地说出这句话。不喜不恼。就像简单的判定。

我不知道搭车人如何回答。我不知道玛丽是否始终保持冷淡。或者相反,搭车人靠着他所精通的某种避重就轻的手法令她微笑,再次打动她。

我宁愿想象她有所挣扎。她至少花了几分钟时间才回心转意。我们的海滩之旅还是在她心里留下了痕迹。

事实是:我没兴趣。我根本就不愿意去想这个场景。我憎恨这样的想象。

我并没有马上知道搭车人回来。我有一个多星期没见到玛丽和亚古斯丁。我想知道玛丽为什么不再联系我。我很担心。我感到痛苦。

然后,有一天,我在广场上看到搭车人和亚古斯丁并排走着。搭车人给亚古斯丁买了块撒了糖的华夫饼。他从摊贩手里接过来,用纸垫托着,还热气腾腾的。把它递给男孩。

他看见了我。

萨沙。

我走近他们俩。亚古斯丁一边咬下一大口华夫饼,一边跟我问好。我和搭车人努力寻找话题。

亚古斯丁跟我讲了海滩的事。

那天很好。我点了点头。我们度过了一个愉快的下午。

你怎么样。稍停了一会儿我问他。

他努力措辞。

我很累。

因为旅行吗。我问道。

主要是因为回来。他的笑容很虚弱。

我等着他说下去。他在犹豫。

这很复杂。

我看着他的小眼睛。他没怎么洗过的头发。我意识到这些天晚上他睡得不多。意识到玛丽和他在家谈过话。

玛丽好吗。

他轻轻点头。

还好。

我看着他们俩走远。亚古斯丁忙着吃他的华夫饼。全神贯注地吃：努力不让一丁点糖霜掉在地上。每吞一口就稍微停顿片刻。搭车人带着略微倦怠的神情一次次偏过头。催他快走。等他。不得不做全世界所有父母都要做的事：等待。男孩把最后一口华夫饼塞进嘴里。往前跑了十米，赶上他父亲。两个人重新迈开步子。

我想知道他是否会停下。一切是否将会这样结束。搭车人回来了。彻彻底底地回来了。有那么一刻，我真信了。

22

然后他又走了。

我遇到玛丽时又过了一个星期。她现在已经不难过了。她身上有种崭新的愉悦，无情得有点让人害怕。然而，那是一种真正的愉悦。坚决。发自内心。暴戾残酷。获得解放的愉悦。被伤害过的、内心愤怒的人所拥有的愉悦。通过这样的愤怒，他们感到内心激动，备受鼓舞。突然有了一种不可阻挡的决心。

我感到我们的关系发生了变化。她不像从前那样温柔了。她不再紧紧地抱住我。她跟我快速拥抱后，就问我明天能否去学校接亚古斯丁。如果我答应帮她这个忙，如果我能照顾亚古斯丁直到晚上十点，那她就可以跟让娜一起去图书馆参加读书会，然后还可以去看电影。

我回答说好的。亚古斯丁在她身边，一声不吭，也没有要抗议的意思。

亚古斯丁，明天萨沙去接你放学，你听见了吗。

她用不容置疑的声音说出这句话。坚决得几乎不容许再做讨论。亚古斯丁立刻做出乖顺的样子。只是点点头。只说好的妈妈。我听见了妈妈。

玛丽重新变得温和下来，带着微笑观察着我们俩。

你们肯定会玩得很开心的。

然而她的声音里毫无柔情。即使她的微笑也是冷冰冰的。

我看着她无意识地抚摸着亚古斯丁的头发。同我道别时就像对任何别的朋友一样。

谢谢你，萨沙，你人真好。

带着那种当面用名字称呼制造出的疏远。

谢谢你，萨沙。一种对邻居或同事说话的语气。

我看着她，她站在我面前的街上，难以置信地遥远。我感到难过。

第二天，我去接亚古斯丁放学。我们俩一起回家。我把钥匙插入锁孔，转动，打开铁门。我推开房门。

我把自己的外套挂在玄关，就挂在搭车人和玛丽的外套之间。亚古斯丁把他的外套扔在地上，一刻也不等地跑向玩具柜。他从里面拿出扑克牌、"小小化学家"套装，以及一副国际象棋。

我们来下一盘吧。

我们先吃了点心，冲了两杯石榴汁。接着，我们坐到棋盘两边。

我让他吃掉了我的后。然后是一个车。再然后我吃掉了他的后。他吃了我的象，我的第二个车，我的两个马。

我看着他为我每一步大意走错的棋而大笑。属于孩童的欢乐无比的笑声。无法抑制地爆发出来。他下得比我想的要好。落棋更快。更准确。

他设下了一个粗糙的陷阱，想吃掉我的第二个象。见我随随便便地踏进陷阱，他突然非常生气。

你故意让我赢的。

他用手背把棋子全都扫到了地上。

我不玩了。你故意让我赢。太没劲了。

他起身离开。

亚古斯丁。亚古斯丁你回来。

我追去客厅里找他。我发现他在沙发上蜷成一团。我俯身凑到他耳边。

来吧，咱们重来一局，这回我把你杀得片甲不留。

我看见他的表情舒展了。

我发誓，这回我保证把你生吞活剥。

他擦干眼泪，重新爬起来。我们又弄了两杯石榴汁，在棋盘上摆好棋子。

这一次，只要能吃掉他的棋子，我就毫不留情。我吃了他一个象。接着是第二个。接着又吃了一个马。他咬紧牙关。他吃掉我的车。跳马威胁我的王。我心里一哆嗦，我看见他的后没了保护。我犹豫了五秒钟。然后我发现他也发现了。他已经咬住了嘴唇。我不能再后退了。我吃掉了他的后。我故意做出夸张的愉快表情，好像这样能减轻对他的打击。

我看见他的眼里含满了泪水。他什么也没说。一边捶着脑袋一边马上反击：将军。我跟他说他不能这样做。一旦这样做他就输了。他把象退回原位。整整半分钟没有挪子。绝望地寻找对策。我看着他，满眼是泪的男孩，愤怒得像一头受伤的狮子。特别地不服输，可爱地不服输。我感到自己更喜欢他了。

现在他很愤怒，下得很快。我们不再说话。他又吃掉我的两个子，然后我把他逼进了死角：将军，将死。我想站起来，放松一下，换个游戏。他把棋子重新摆进格子里。他一定要扳回来。我重新坐下。我们又下了一局，比刚才更专注。落子更快。他每下一步都狠狠地在棋盘上砸出声来。差距再次拉开。

玛丽回来的时候我们还在下。身边放着两个披萨饼盒子。一个盒子里只剩了些饼皮。另一个盒子里还有两块变冷的玛格利塔奶酪披萨。

萨沙赢了七局，我赢了两局。亚古斯丁见她回来，开口说道。

亚古斯丁，你怎么还没睡。

没睡，也没洗澡。他笑着说。

玛丽看着我。

可是现在已经十点半了。

十点半啦。亚古斯丁大叫起来，我看出他跟我一样觉得难以置信。已经十点半了啊。

我感到玛丽气得冒烟，马上就要爆发。接着她改变了主意。接受了现实。说到底这真的很严重吗。难道最重要的不是看到我们俩一起度过了一个美好的晚上吗。

她拿出两瓶啤酒，递给我一瓶。一边吃着一块披萨，一边坐下看我们把这局下完。

亚古斯丁占了上风。干掉我一个车，然后是后，因为他妈妈在旁边看到这一切而兴高采烈。十分钟后，他把我的王逼到绝路。连赢两局。玛丽抱住他，把他举起来，一路抱到了楼梯那里。

她抚摸着儿子的头发，对他说上楼吧。上楼，换上睡衣。刷牙，上床睡觉。

不用洗澡吗。亚古斯丁怀疑地问。

今晚不用洗澡了。

我上去让他睡觉，一会儿就回来。玛丽一边跟着他上楼，一边对我说道。

五分钟后，她又下楼来了。我已经穿上了外套，正准备离开。

我原本希望她会把我留下来。

电影好看吗。我问道，想争取一点时间。

想点别的事情挺好的。跟让娜出去一下也挺好的。谢谢你。

她一直把我送到门口。

下回你再有什么需要随时找我。我一边说一边跟她拥抱道别。我很高兴帮忙。

她关好铁门，最后又谢了我一次。

看到你们俩这样可真好。谢谢你，萨沙。

我感觉她马上就要改变主意了。马上就要褪去那种冷漠，重新给我一席之地。有点受伤,我没有勇气再多等一刻。

别再这样叫我了。我转回身说道。别再这样叫我萨沙,像是在叫陌生人似的。我知道,我知道自己叫萨沙。

你说得对,对不起。她神情忧伤地微笑着说。

晚安,玛丽。我一边说一边远离。

晚安,萨沙。

23

渐渐地，搭车人改变了方法。不再走高速公路。不再以时速一百三十公里穿越法兰西。告别了绒布内衬的家用轿车，告别了从一个服务区到另一个服务区的舒适的长途旅行。他开始寄来一些不知名村庄的明信片。小教堂、小广场、公共饮水龙头、公共洗衣池。我们于是明白他坚定地走到了公路护栏的另一边。深入各地。徘徊在路网的次级血管当中。甚至探索最细微的毛细血管。

起初我以为他只是没有方向地游荡，走到哪里是哪里，仅此而已。

后来一天早上，我在门口发现一张来自"童话镇"的明信片。明信片上能看到小镇入口的界牌，竖在一条小路边上。周围的草地非常茂盛。一切都吸饱了水。成片的篱笆墙，路边沟渠里的草长得很高，如同刚刚经过半年的雨水滋润。几头奶牛漠然地看着镜头。远处能看到有蓝色护窗板的房子，放农作物的棚子，以及露营地的入口。

就像它的镇名，美如童话。

还没看见小红帽,也没看见大恶狼。搭车人写道。更没有三只小猪。不过,我喝了村子里的水,就像阿斯特里克斯畅饮帕诺拉米克斯的魔法药水[1]。我给你灌了几瓶,萨沙,给你以后写小说用。谁知道呢,总能派上用场的。

前一张明信片来自"欢宴镇",黑山高原上一个深藏不露的迷你小村庄。明信片上可以看到一条才从源头流出的小河上的峡谷,岩石上溅开的水花,冷杉林,清新凉爽的空气,苔藓,蘑菇,林中空地。

再往前,是"艳阳镇"。

我顿然醒悟。这是他的新游戏。他的新癖好。

两三天后,我遇到了玛丽。她也收到了明信片。第一张来自"坚定镇":林叶茂密的树林,带有尖顶板岩小塔楼的小城堡,方形的烟囱,丰茂的草地。第二张是"共往镇":一望无际的松林,蕨类和杂草丛生的灌木丛,砂石路堤,斑尾林鸽养殖场,一家小酒馆的门面,三角楣上写着:猎人之约。第三张来自"团聚镇":树一般的蕨类植物,植被如此茂密,以至于让人觉得像在丛林——可能只是因为这个地名影响了周边的植物,使它们格外茂密,显得更加恣肆,更像热带,更加生机勃勃。

团聚镇,一百二十三位居民,可这里收到的信却比罗克福或马尔芒德还多。搭车人写道。原因非常简单:邮编错误。每天都

---

[1] 法国著名漫画《阿斯特里克斯历险记》(又译《高卢英雄历险记》)中,高卢人睿智的祭司帕诺拉米克斯调制的魔法药水能使喝下的人暂时力大无穷。

有几十几百个糊涂虫搞错。他们本想寄信去留尼旺（那座岛！）[1]，却寄到了洛特-加隆省这个偏远的村庄。很搞笑，对吧？我的两位亲爱的人儿，我在南半球拥抱你们。

一天早上，我收到一个信封，里面有一封信。不是简单的明信片，而是一封长达好几页的真正的信。搭车人是在大西洋边上的小城伊夫写这封信的。他在地图上看到这个名字，跟他十五年前去世的父亲名字相同。他立刻告别了载他去拉罗谢尔的司机。花了好几个小时才到了那个地方，天都已经黑了。

那封信让人动容。搭车人讲述他在黑夜里到达那座位于雷岛和奥莱龙岛半途的海滨小城。讲述他走在无人街道上的最初几步。他搞不清这座城是怎么造的，无法想象城市布局，无法定位市中心。他在寒冷中漫无目的地走着，找旅馆找得无比绝望，无法想象现实竟如此残酷：我在我父亲的城里，却要像野狗一样露宿街头？他尝试打开路边车辆的车门，一辆一辆试过去。终于找到一辆没有锁门。他钻进车里，筋疲力尽。在那里睡了会儿，冷得直打颤，外套和背包就是全部的铺盖。他在拂晓前爬起来，免得被人逮个正着。他去一处公交站等天亮。就在那时，他遭遇了打击。小城确实沿海而建，地图没有说谎。然而，在大海与城区之间，有一条高速公路。相当于一道墙。不只是一道墙。最危险、最喧嚣、最难以逾越的一道墙。高速公路悬在正上方，高筑

---

[1]"团聚镇"为意译，"留尼旺"为音译，两者法语写法都是 La Réunion。

的路堤挡住了视野。大海不只是无法靠近，它根本就无法看到。被弃置在另一个世界。简而言之：那里根本没有海。

他就这样呆立在下面，看着轿车和卡车从上方风一般地驶过。卷起的气流一次次扑打在他脸上。轿车缩成了十厘米见方的瓦片，在野草疯长的路堤上方一闪而过。卡车像是被横向切开，滑稽地被刨平、压扁、堆叠。后来他想要活动一下腿脚。他看见了池塘。成片的池塘。周围到处是水。芦苇丛。水鸟听到他的脚步不慌不忙地昂起头。一只天鹅悄无声息地滑过水面，如同安装了马达。每走一步都有野兔从他脚边逃开。矮树林间满是罕见的生物，两栖类和昆虫受到的保护比其他任何地方都要好。持续的引擎轰鸣或许让鸟类的听觉失灵，但它们在这里幸存下来，数量比其他任何地方都要多。

高速公路边上是最早的自然保护区。信里这样写道。我仿佛能听见他的笑声回荡在我这间小小的两居室里。高速公路的护栏和飞驰的汽车就是最有效的保护手段，对抗着人类无可救药的摧毁一切的癖好。

接下来几天，我们又收到了其他明信片。给我的来自巴尔扎克镇、杜拉斯镇、希望镇。给玛丽的是温柔镇、救地镇、圣玉镇。给亚古斯丁的是快乐镇、力量镇、饕餮镇。

这是一种新的联系。它让我们开心，亚古斯丁和我。至于玛丽，我不知道。每当她收到新的明信片时，总会表现出兴奋，近乎孩童般的快乐。但我感到其中混杂着其他东西。恼火。悲伤。

我起初觉得搭车人的明信片不会持续很久。他很快会厌倦。一次忘了寄。然后就是第二次。再然后缺口就会打开，忘记的次数越来越多，渐渐地一切都会停止，会重新回到正常状态：消失的搭车人。我们将会再一次对他身处何方一无所知。

我想错了。他坚持住了。总有新的明信片寄来。上面是新的景色。我们三个人略带羡慕地看着这些从未见过的地方。圣绒球镇，悲原镇，踉跄镇，大捷镇。焦虑镇，致敬我很喜欢的作家爱德华·勒维以前在那里完成的摄影报道。还有河流镇、圈镇、绿镇、圣玛尔斯荒滩镇。

现在，我们可以重建他的旅行路线。在地图上，只落后数天，标出他走过的一系列地点。凭借一点直觉，猜出接下来的明信片将会来自哪些村镇。预感他在离开尼奥尔附近的流水镇后，很可能会被海边的激励镇或谬误镇所吸引。然后他可能会重新北上，朝基因欢合镇或者圣保罗雄柱峰而去。迫不及待地问候生命镇。再继续北上，去南特附近的风景镇看上一眼。

有一封寄给亚古斯丁的信，邮戳是"船队镇"。孩子冲上来抢到手里，掏出信纸，读给我和玛丽听：亚古斯丁船长！咱们俩什么时候能出海呀？你准备好了吗？我给你找了座"帽子镇"，那里有一棵帽子树，树上满是各种大小、各种形状的帽子，需要时可以随便摘下来用。这样，要跟镇上到处奏乐的音乐家们致意就很方便了。接下来，如果你愿意，我们可以去"预声镇"，那里有声音呼唤我们，我们到时候就知道怎样回应了。接着是阿尔阜斯山中的"开罗",我知道你一直想去法老们的国度看一看。除非你更希望我们一起沿尼罗河北上,到"圣阿非利加"逛一逛?那也没什么不好的。

亚古斯丁高兴极了。我跟他一起在地图上寻找帽子镇、开罗镇、预声镇。我们计算着一路到圣阿非利加镇需要多少时间。

搭车的时间得照正常开车时间的两倍来算。我严肃地对他说,他也非常认真地听我说。即使通常来说,你会发现,总比预想的更快。

替我抱一下你妈妈。搭车人一成不变地写道。我爱你们。

他在我们中间。即使不在场,他也能在我们身边保住一个位子。

只有玛丽有时候会不耐烦。

我们呢。我们经历着什么,他有哪怕一丁点概念吗。要是我们离开了他能在一个月内知道吗。

她仍然爱着他。明信片到来时她的悲喜交加告诉了我这一点。这肯定是她在搭车人身上一直看重的特质:在路上。令她无法捉摸。只不过,我现在会在她身上偶尔看到怀疑和痛苦。或许是厌倦。在欣赏与不再欣赏的狭窄边界上摇摆。想要知道长期以来,这种一直吸引着她的自由是否毁了她的自由。

我回想起那个周三在我家。她已经忘了吗?我们仍然见面,却好像悬在一段诡异、停滞的时间里,把相互间所有感觉都放在了一边。只留下了某种温情。但过掉的每一天都对我不利。不迈出新的一步，一切将复归常态。我们的孤独将重新成形。现在我对自己怒不可遏。我想要重新将她紧紧抱在怀里。重新回到那一刻。给予它另外一种全然不同的结局。

24

拍立得照片继续寄到我手里，每次一沓，十张或二十张。只有照片，既无介绍也无问候，与天马行空的明信片上丰富的想象力形成鲜明对比。塞得满满的牛皮纸信封，里面装着照片，上面写着我的地址。每张照片背面记着照片上头司机的姓名，行程的起讫地点，相遇的日期与时间。多米尼克，拉布里—索泰尔纳，1月11日，12时13分—14时03分。奥迪尔和让-皮埃尔，米朗德—欧什，1月8日，9时05分—9时43分。热纳维埃芙，卡斯泰尔雅卢—米拉蒙，1月10日，9时48分—11时12分。爱丽丝和冈丹，莱齐尼昂—劳拉盖自由城，1月6日，16时15分—17时45分。保兰和露西，丰维耶尔—圣罗曼，1月3日，15时43分—16时07分。杰拉德，利耶兰—克莱蒙-埃罗，1月6日，8时03分—8时15分。朱迪特，欢宴镇—马扎梅，1月7日，11时15分—12时02分。

我快速浏览那些面孔，观察照片背景中的景色，遇到感兴趣的细节就停下来，那或是与我们年纪相仿的一个女子的微笑，又或是一个男人老态龙钟的模样，我很惊讶搭车人遇到他在开车，而不是太太平平坐在壁炉前的扶手椅上。

每个新系列都有自己的色调，专属色彩，或许缘于天气，缘于那一星期持续笼罩搭车人所在的法兰西一角的相同光线，树木、田野和公路都被它沐浴在很久以后仍可辨识的相同色调里，就像人们将昆虫或爬行动物浸入树脂保存，尽管各不相同，但树脂将赋予它们一种亲缘度，把它们永远归入某次特定的标本采集活动，某年，由某位博物学家，在地球某处完成。有一些系列是全绿的，不只是丰饶的草地和茂密的树叶，还有房屋外墙，汽车车身，公路的沥青路面。另一些是蓝色的，如此强烈的海蓝色，使得所有眼睛都偏成了灰色，所有眼神都有种金属质感。还有一些是金色，如同有一只手偶然翻出了更早时候的照片，有种夏日的况味，画面底下似有麦浪翻涌，无边无际。

再次去看望玛丽和亚古斯丁的时候，我就把新收到的信封跟其他的放在一起，就放在搭车人工作间的抽屉里。我负责保存。保管。我是搭车人的旅途档案员。真正意义上的见证者：保留痕迹，这痕迹以后会成为证明。我偶尔会把两三个信封里的照片都倒在桌子上。久久地注视着面前堆叠的照片。男男女女的面孔。他们有一个并不自知的共同点：他们的车都载过这个男人一程。他们都曾在某一刻接受了他拍照的要求。盯着他镜头的瞳孔。明亮的虹膜。几分钟以后我把它们收回信封，重新投入黑暗。

有一天我数了数：1432张。我更喜欢用词语写出来，那样会更长：一千四百三十二。要反映这样一大群人，以及搭车人将他们聚集在一起所花费的时间,这是起码的事情。一千四百三十二个男男女女挤在这个抽屉里。一千四百三十二张面孔,各种年龄,各种地方,各种职业。而他与他们所有人都共度了一段时间。他先后与他们每个人相遇、同行,为每个人拍照。他让他们走进相机镜头,以在一周又一周过后将他们聚集起来,让他们一大群人在这个抽屉里比邻而居。不只是一大群人,更是一个家族。他的搭车司机大家族。

25

他往北走了。我们能看出他的路线,基本沿着海岸线。他从南特拐向布列塔尼,寄来了明信片,拉马鲁尔(两道倾斜屋檐和球形钟楼的板岩顶小教堂,装点着鲜花的微型广场,墓地,修剪整齐的紫杉矮树篱),圣宠镇(圣母教堂三角楣上的石狮子细节,旁边的雕像被风雨侵蚀得像是融化一样,仿佛一堆堆珊瑚或不成形的植物),杳无镇("正途"旅店仿木筋墙的门面,门上画着星盘和船帆)。

他的邮寄频率一如既往。明信片背面写着笑话、文字游戏、彼时彼刻的想法。有时候他只写:拥抱你们。我爱你们。只有这些,再加上他所在的村镇的名字。我们翻来覆去地研究,试图从这些地名里找出他的用意。叹息镇。余生镇。海洋镇。港口镇。休战镇。简约镇。红发女郎镇。富饶镇。生机镇。亲吻镇。强迫镇。珍爱镇。宫殿镇。女侯镇。苏醒镇。喇嘛镇。城市镇。脱离镇。活泼镇。

我们解读。过度解读。有时候一目了然:圣奥古斯丁镇,寄给他儿子。这没什么可说的。连想都不用想。可是,快乐之源镇，寄给玛丽？他是想对她说，她是他的快乐之源吗？或者说他把快乐寄给她，就像是一种慰藉，一种安抚？还有寄给我的，对抗镇。这代表着敌意？他生我的气？或是生整个世界的气？他邀我一起发出反抗的呐喊？还是说他只是觉得有个村镇名叫"对抗"很有意思？认为一个连名字都在对抗周遭世界的地方，居民们还能每天晚上好好睡去，次日早上好好醒来很有意思？

有一天，玛丽收到了好几张照片，它们是在一个名叫"来吧"的小村村口拍摄的。第一张照片上只有地名指示牌：来吧。接下来是搭车人的照片，应该是另一个人帮忙拍的。他站在写着"来吧"的指示牌旁边，露出笑容，这已经像是个明显的请求了。接着是第三张照片，他站在地名指示牌的右边，手里的搭车牌放在胸口高度，上面的文字清楚可见，一个大大的感叹号：来吧！最后一张照片上是两个感叹号，他两手各拿一个：来吧！！

我能感到玛丽为之动容了。可她的快乐里掺杂着悲伤。去哪里跟他见面呢？跳上一辆车，去远隔一千多公里的小村教堂门口见他吗？

第二天寄到的明信片里，搭车人说他在祖伊佩讷（Zuytpeene），法国与比利时边境。按字母顺序排列的最后一个村镇，他骄傲地解释说。有人计划把所有村镇都走一遍，他是从A开始的。我要反着来。我从最后一个开始。这一带全是以字母Z开头的地方。祖伊库特（Zuydcoote），祖柯尔克（Zutkerque），左特（Zoteux），祖亚福克（Zouafques），祖多斯克（Zudausques），泽日尔斯卡佩勒（Zegerscappel）。其余的几乎全在科西嘉岛上。祖亚尼（Zuani），宗扎（Zonza），兹利亚（Zilia），兹格利亚拉（Zigliara），兹卡沃（Zicavo），泽瓦克（Zevaco），泽鲁比亚（Zérubia），扎拉那（Zalana）。你能解释吗？按字母顺序排列，位于最后的那些地方全在国土的尽头和角落，这是什么样的奇怪巧合呀？

玛丽看着这些信件，笑不出来。她哀伤地看着我。

萨沙，我受不了了。

我所想的应该是她经常想到的：搭车人现在就像个孩子。有点疯狂的孩子，我们远远地瞧着他的一连串恶作剧。满怀怜爱。有时候也满怀疲惫。

那天我们俩都在我家。那是她时隔很久第一次再来看我。她的面容很疲惫，眼下有睡眠不足造成的青黑轮廓。我看着她，无法抑制地回想起海滩上的那个星期三。重新感到她的气息。她的吻。她的抚触。她又在这里了，近在咫尺。

我想我也得出门一趟。

我说好的。

我想一个人去。一个人，上帝在上。一个人。我现在完全没有一个人待着的时候。

她过来紧紧地抱住我。我闻到了她头发的味道。我亲吻了她的额角。

我会帮你照顾亚古斯丁的。

我把她抱得更紧。

你想去哪儿就去吧。我会陪着他。我会去你家住。我白天在厨房窗口的餐桌上干活。晚上我会去学校接他。我们会顺利解决所有问题的,你放心吧。

我感到她紧贴着我的胸口,轻轻地点头。她的额头在我前胸形成轻微的压力。一团表示首肯的温热。

26

　　第二天,我去学校门口接亚古斯丁。他远远地看到我,朝我走了过来。我们俩一起回家。我让他开门。他费劲地转动着锁孔里的钥匙。我们都笑了。

　　哎呀,幸亏还有我在。

　　他用肩膀一下顶开了木头门。我们俩来到走廊上。

　　今晚我们吃自制汉堡。我一边走进厨房,一边对他宣布。纯粹的蛊惑。

　　大厨独家汉堡。你就等着瞧好吧。亚古斯丁鼓起掌来。

　　我们吃了晚饭,看了四分之一部西部片,然后是二分之一,然后是整部西部片。

　　晚上十点,我让他睡下,然后独自回到客厅。我翻看着客厅里的唱片,毫不费劲地猜出一部分应该属于搭车人,1970年代的民谣和摇滚,一部分估计属于玛丽,巴洛克音乐,意大利传统歌曲,西非音乐,莱奥纳德·科恩。

　　我放了一张巴赫的经文歌。我打开自己的电脑,调出最近在写的word文档。我看了看玛丽是否找过我。我发现她没有。我给她发了一行信息：家里一切都好。自制汉堡。西部片。真正的生活。我们想你。接下来的十分钟我一直在等她的回复。她没有回复。

快到午夜时我琢磨自己要去哪里睡觉。玛丽什么也没跟我说。我上了楼。我犹豫地站在放着大床的卧室门口。我走近那张床。我看着五斗橱上放着的东西。几本吉姆·哈里森的小说。一本苏珊·桑塔格写的关于摄影的书。一本意大利语版的安托尼奥·莫莱斯科的小说，是本口袋书。一个烫发棒。一只小手镯。

我绕过大床，去看另一边有什么。我发现一双穿坏的鞋子，放在充当床头柜的小橱旁边。《天使名册》[1] 罗伯托·波拉尼奥专刊。 1950 代《蓝色导游·法国分册》。一本冰岛侦探小说。

床罩很漂亮，由大块夜空蓝非洲织物缝成，装饰着非常精致的紫色图案。我曾经见过这块料子：一次从西非旅行回来以后，搭车人给我看过。这是他亲手缝的。整张床都是他亲手做的，比通常的尺寸更宽些，床脚由大小不同的横梁边角料切削而成，床板材料是从工地带回来的木板。这张床完全出自他的双手。粗犷，有点笨重，又异乎寻常地典雅。

我躺下感受它。我闻到了床单的味道。我想他或许从来没睡过这些床单。这是玛丽的床单，只是玛丽的床单。我在这张床上想着玛丽。我想着偷偷钻进别的鸟巢、又把巢里的雏鸟都推出去

---

[1] 出版于法国南部的一本文学月刊。

摔死的杜鹃鸟。我是只该死的杜鹃鸟,我一边笑一边这样想。我是只无耻的该死的杜鹃鸟——唯一的不同大概是我没有把别的雏鸟推出巢外,相反地,我保护他,我照顾他,我在其他"成鸟"的"雏鸟"面前表现得像个真正的鸟妈妈。我是只该死的杜鹃鸟,但是只该死得不彻底的杜鹃鸟。接着我意识到我不会在玛丽的床上睡觉。我不想在这儿睡。这儿没有她。

第二天玛丽还是全无消息。第三天也是。

第四天我想给她打电话。我被转到了她的语音信箱。

两个小时以后我又试了一次。

你好,这里是玛丽的语音信箱。请给我留言,谢谢。

我不知道自己是否需要担心。不知道该不该去警察局报告她的失踪,假如我决定走正式流程就必须采用这一说法。我想到随之而来的混乱。我又看到她出发前一天的面孔。重新听到她用那种平静的语气对我说:我需要出门一趟。语气坚决,从容。不是会就此消失的那种人的语气。

我没去警察局。我不再往她的语音信箱里留言。我等着她。我满足于日复一日地照顾亚古斯丁。我发现坐在厨房的餐桌边我可以很好地写作。因在玛丽家里,我的进展甚至比在自己家还要快上许多。我选择相信亚古斯丁。相信他的平静。相信他每天晚上放学回来听到相同的回答——你妈妈还没有消息——时毫不担心的样子。就好像这句话只在他耳边滑过。就好像我告诉他的是我们仍在等待他订阅的某本杂志,而不管怎样,那本杂志不可能不寄到，只是早晚的问题。

一天早上，我接到一通未知号码的来电。我感到自己的心脏剧烈跳动。

萨沙。

我听出了搭车人的声音。比任何时候都更不着边际，在自己的世界里比任何时候都陷得更深，与现实完全割裂、全不在重点上的搭车人。二十年后，他重新变回当初那个最终让我厌倦的他。我听他跟我说些无谓的新近苦旅，都是他很确定我根本不会相信的遭遇。他对我讲起北方的甜菜种植原来不只是一个传说，讲起让他震撼的北海，我跟你说萨沙，你真该看看昨天那种光线。像往常那样以自我为中心的东拉西扯。换作别的日子我或许会报以微笑，但那天早上我真的就是不想听，我没法再听下去，我的耳朵拒绝听他说话，我的整个身体都在反抗着这通一厢情愿的电话。想打电话的是他，拨打电话的是他，说个不停的是他，很快就要结束通话的也是他。决定挂断的那一刻他会立刻挂断，他会借口说要去干某个不知所谓的活，要去买东西，要去赴约，诸如此类。

我心说见你的鬼去吧。

那么暴戾的"见你的鬼去吧"，就连我自己都大吃一惊。

我突然意识到我受不了了。哪怕只是他的声音，在长久的缺席以后都让我觉得难以忍受。

一个真正的朋友或许会告诉他。再早几天，我很可能会截断他的话头。

可当时恰恰相反，我为他的一无所知而心花怒放。我幸灾乐祸地听着他对家里情况一无所知，对玛丽的离开一无所知，对他跟我说话时我的确切处所一无所知。事实就是我在他的屋檐底下睡了好几天，事实就是我照看着他的儿子。事实就是当他跟我说话的时候，我正在他的厨房里，面前的窗外是他的花园。

我任由他滔滔不绝。任由他全盘皆错。他问我玛丽怎么样，就好像事情没有任何理由不按照原本的样子平静地发展下去。我挂上电话。我去花园里呼吸新鲜空气。我走在潮湿、冰冷的草地上。我看着月桂树静止的枝条，它们因连周的寒冷而僵硬。

见你的鬼去吧。我一边这样想着，一边在心里大笑。我并不为此感到自豪，但这的确让我觉得好过起来。

27

离家十天以后,玛丽回来了。大约是凌晨两点。

我被楼下门锁吱吱扭扭的声响唤醒,那门锁向来吱吱扭扭,非常刺耳。我想应该是她。我轻轻呼唤:玛丽。我听见从厨房传来脚步声。往杯子里倒满水、喝水,随后把杯子搁到水槽釉面上的声音。

我躺在大床上,侧耳细听。我决定到床上来睡主要是出于实际,因为不确定自己到底要在这里度过几个晚上。

我心想楼下也有可能是他。

接着,通过楼梯上轻轻的脚步声,我听出是她。我再次叫道:玛丽。我看到她的身影走进了卧室。我看着她在昏暗中向前走。我嗅到她的气息。我听见衣物的摩擦声。我意识到她在脱衣服,解开了连衣裙的搭扣,解开了胸罩的搭扣,弯下腰脱掉连裤袜和内裤。毫不害羞地做着这一切。就好像我并不存在。就好像她此时孤单一人,或者心不在焉,或者精疲力尽完全看不见我。

玛丽,你还好吗。我问道。

我感到自己的血管突突地跳动着。我坐起身来,看着昏暗中的她。她就站在离我两米远的地方，一丝不挂。我第一次看到她的黑色阴毛。她的双肩和胸部的曲线。

她抬起双臂解开头发上的一个发卡，把它放在五斗橱上。然后，她绕过床尾，掀起被子的一角，钻进来靠在我身边。

我想站起来，不想让她就这样躺下，想让她继续站在我面前，让我看着她。我微笑起来，因为感到她已经贴到身边，她的双腿缠住我，她的骨盆移动到我的骨盆上紧紧压住。她好热。她暖热的阴部紧贴着我的大腿根。

玛丽，你还好吗。我又问了一句。其实，这个问题更该问我自己。

她紧贴在我身上，让我进入她。我在昏暗中看着她，就坐在我的大腿上，缓慢地上上下下，她的胸近在眼前。我闭上眼睛，张开嘴含吮着她的乳尖。她的动作更加剧烈了。她骑着我，大幅晃动，让我进到更深处，那感觉非常好。我完全沦陷其中。我感到快感钻进我的小腹，她每晃动一下腰，那快感就钻得更深一些。我应该说了些什么，好像是慢一点，慢一点，你要把我弄死了。她毫不减慢地继续着，我再也忍不住，我射了出来，她继续骑着我，借着余势动了一会儿，接着她也达到了高潮，她慢了下来，她停了下来，趴伏在我身上，手脚并用地缠抱着我，用整个身体的重量压住我。

玛丽。我开口说。

萨沙。

不对：了不起的萨沙。

我感到她发笑时的呼吸喷在我的脖子上。我们不再说话。我把脸贴住她的脸，感到有水滴沿着她的双颊流了下来。

没事吧。我问道。

没事。

我想擦擦她的脸。我感到泪水已经流进了她的嘴里。

你确定没事吗。

她沉默地点头。

我太累了。我太累了，我得睡觉。

睡吧。

她把头埋在我的颈侧。我感到她湿漉漉的脸颊紧贴着我的皮肤。一滴泪水流进我的嘴里，咸咸涩涩的。

对不起。她说。

对不起什么。

让自己累成这样子。

我下去吧。我说道。

下去哪里。

我到楼下去睡。

不。留在这儿。

亚古斯丁会看到我们俩睡在一起的。

我不在乎。她说。我一点儿都不在乎。

她起身去洗手间。她回到床上，蜷缩在我身边。

萨沙，我能靠着你睡吗。

我抱住了她。她把头放在我的胸膛上，一动不动。就在胸骨的位置，就好像她想住进我的肋骨之间，待在离我的心脏最近的地方，整夜都听着它的跳动声。我也一动不动地躺着，满心幸福，不止是幸福。我原本以为她不可能睡得着，因为我的心脏跳得如此厉害。她五分钟以后就睡着了。我躺在那儿，连手指尖都不敢动一下。我无比清醒，就好像刚刚连续睡了一个星期。

早上，闹钟响了。我感到玛丽还在那里，就靠在我的胸口。像块石头似的静止不动。我小心翼翼地把她放到一边。我爬起来，冲了个澡。我去叫醒亚古斯丁。

就像每天早上那样，我们准备停当。在他出门之前，我对他说玛丽昨天夜里回来了。她还在睡觉。他晚上就能见到她。他立刻放下书包，三步并作两步地爬上楼梯，跑进他妈妈的卧室。我听到他们俩互相拥抱和亲吻。

该上学了。我忍不住大声说。亚古斯丁，快点，学校大门要关了。

再等会儿，萨沙。玛丽回答。我们再抱一下。

亚古斯丁下了楼，一路跑向学校。他应该及时赶到了，反正没再回来。我给自己弄了一杯咖啡。我坐在窗前，开始喝咖啡。

外面是阴天。令人抑郁的冬季天气，这在 V 城倒是并不常见。我听见玛丽下楼的脚步声。我看到她出现在楼梯口，刚刚起床，穿着前一天的衣服，没有淋浴直接下的楼。她走过来坐在我身边。她没问亚古斯丁的近况。没问她不在的时候我们俩过得怎么样。就好像这无需过问。就好像显而易见一切都很顺利,她从未怀疑。她透过窗子看着花园,带着一种长期旅行回来重逢的神情。两个月前修剪过的蔷薇发出了新芽。

蔷薇已经发芽了。

我说是的。

蓝雪花也是。

蓝雪花就在窗户前面。照我看到的情况,它其实还没有抽芽。玛丽出去仔细看了看它。接着她在花园里巡视了一轮。核查她之前没有把马鞭草和夹竹桃修得太狠。核查橄榄树树苗底下有足够厚实的盖料,可以防霜冻。经过种着芳香植物的角落时,她看着那丛鼠尾草,用手拨弄了一下那些浅绿色的毛茸茸的叶片,它们从四面八方冒出来。

这棵该死的鼠尾草可真能抢地方啊。它肯定会把薄荷的地方全都占了。

她又在花园里走了一两分钟,无视寒冷,脚上穿着单鞋,上身只穿一件薄薄的黑色毛衣。她回到厨房,坐到我身边。好像终于想起昨天夜里发生了什么事情。

我们睡得不错。她看着我说道。

你睡得不错。我笑着纠正她。至于我,我花了两个小时才睡着。

你是开玩笑的吧。她微笑着问道。

我摇了摇头。

完全不是开玩笑。那样以后,你叫我怎么能睡得着。

她大笑起来。我给她做了杯咖啡,放到她面前的饭桌上。

说说不。我问。

说说什么。

说说这次出门。

28

那天早上,玛丽说了很久。

她坐在窗前,背对花园。她喝了一口咖啡,像是要借此给自己增加动力,还有勇气。我透过她身后的玻璃窗格,看着月桂树的叶子在风中轻轻摇摆。

我先去见了让。她开口说道。

我不知道谁是让。我从来没听说过这个人。

我感觉她在犹豫。

让是我以前的男朋友,还是我在巴黎上学的时候。他是我在文学院的同学,我们当时同居过几个月,在他住的一间女佣房里,就在天文台公园旁边,屋顶底下。有一天,他得到一笔奖学金,去德国交换一年。他走了,我们的故事就结束了。我们那时才二十岁,没办法分隔两千公里远。那个年纪做不到。

我看着她一边回想那场分手,回想当时估计免不了的撕心裂肺、带些戏剧化的场面,一边微笑。

那时我很喜欢让。他真的让我很开心。我们爱着对方。那是我第一次真正爱上一个人。我们约好以后再来过,现在先各自生活一段时间。一年又一年过去，我们分别遇到了其他人，我听说他有了一个孩子，我也有了亚古斯丁。一天晚上，电话响了。那是六七年前的事，我们已经住在这座房子里了。我们俩都在厨房，一边做饭，一边喝酒。亚古斯丁还不到两岁，他在客厅里自己玩。我接起电话，听出是让的声音。玛丽，是你吗。周围很安静。我能准确描述出当时厨房里的气味，启波特雷辣椒的味道，一种墨西哥烟熏辣椒，我刚刚放进平底锅。那是我最喜欢的气味之一。我听到亚古斯丁在远处咿咿呀呀个不停，外面天已经黑了。

玛丽，我是让。如果打扰到你了，对不起。我只想知道你的近况。我想知道你的生活是不是幸福。一切是不是都好。

我感到一阵晕眩。我沉默不语。我们俩都在那儿，相距不到一米。我现在还能看到他站在灶台前的样子。看到他听见我沉默不语，抬起头，他没法不支起耳朵，那是下意识的。

我说是的。我缓过气来。我说是的。我没有问他的近况。我只是说我很幸福。我说了这句奇怪的话，我想我从来没在电话里说过第二遍。玛丽微笑了一下。而且，说这句话的时候，我面前就站着跟我一起生活的男人，他就在那里，就在我身边，正在做饭。他是这句判词的第一相关人。如果我对让的问题做出另一种回答，他的生活立刻就会遭遇剧变。

是的，我很幸福。不像我们有时候轻飘飘地随口一说，不怎么当回事，这句话的每个字我都是掂量着说的，即便说这句话本来就不太可能轻描淡写。只要一说出这些字词，就能意识到它们有多么郑重。我们心里立刻会冒出一个声音，让我们警醒。它会质问我们，你说的话是发自真心的吗，你确实像你说的那样想吗，你确定没有欺骗自己吗。

让挂断了电话，屋子里一片寂静。通话总共持续了三十秒，最多一分钟。然而，随之而来的寂静是那样漫长。

是以前的一个男朋友。我最后开口说道。他当时差不多就在你现在的位置。他继续把西红柿切成块，再让它们滑进锅里，没任何回应。我告诉他学生时代和让在一起的事情。告诉他让后来去了德国。告诉他我们曾约定将来重聚。我对他说了实话：让的电话让我有点心烦意乱。我等着他的反应。他问我是不是想谈谈，是不是要离开。他是真的想知道。那大概是我唯一一次见他有所动摇。

玛丽站起来，推开凳子，向后靠到暖气片上，就好像需要取暖，或是更自由地活动。我尝试解读她脸上的表情，但逆光让我几乎看不清她的面容。

我回答他我现在在这里。我对他又说了一遍我和他在一起很幸福。

是我回答让的时候不够明确吗。我问道。是我的话里有什么含糊不清的地方吗。他没再追问下去，他继续翻炒西红柿直到它们变得金黄，就好像我们的对话从来没有发生过。甚至从未翻开这一章节。很快，晚饭准备好了。来吃饭吧，他就说了这一句，他的态度看上去一点没有因为刚才发生的事而改变。他带着最完美的冷静坐了下来，你知道那种冷静。玛丽对我说。我肯定你能想象。他有无数缺点，但要说风度，他永远不会缺。

我想着让，想了一段时间。我不知道他是不是还住巴黎。是不是还在那家出版社做校对，我们俩以前都梦想在那里工作。我后悔没有问他任何问题。结果生活就是那样奇妙。玛丽微笑起来。有一天，我买到一本翻译过来的书，那是我自己原本想要翻译的书，一位完全不知名但我却一直很喜欢的撒丁岛作家卢卡·索写的小书，他唯一的小说，才一百来页，写得好极了。我大概向出版社推荐过十几次也没人搭理。我翻开那本书。我发现是让翻译的。出版方是"幽暗森林"，一家我从来没听说过的小出版社，社名显然借自但丁《神曲·地狱篇》的头两句：在我们人生之旅的中点/我发现自己身处一片幽暗森林[1]。

我回到家上网查了一下。我发现那家小出版社就在塞特港，离这里非常近。我发现创始人和唯一雇员就是让。就好像他创立这家出版社就为了一件事：出版这本没人愿意出的小书。首先把它翻译过来。他向来热爱意大利语，可是从来不敢涉足翻译。然后再把它印出来，既然没有别人愿意这样做。

她不再靠着暖气。她站直身子，走到客厅，在书堆里翻找。拿着一本黄色的册子走回来。金黄色。我立刻想到，我这几个月

---

[1] 原文为意大利语。译文参考了 https://www.poemlife.com/index.php?mod=transhow&id=25264&str=1286。

一直想要涂在画布上的底色就是这个。我看了标题。卢卡·索，《人生这个乘客》。我翻了翻书页，感觉到纸张在我的指间微微弯折。上好的纸，很厚，很结实。我把书还给玛丽。我重新加热咖啡。

你跟他说你偶然看到了这本书。

她摇了摇头。

我不可能不看到这本书。他很清楚这一点。我迟早会看到这本书。卢卡·索并没有多少读者。

但你没再联系他。

当时没有。我只是读了那本书。我发现让翻译得非常出色。我想祝贺他，也想感谢他。我什么都没做。只不过到了上周，这一切记忆都回来了。那时候我非常生气。我对自己说：这个傻瓜。彻头彻尾的傻瓜。当然，我说的是亚古斯丁的父亲，不是让。我上了车，直奔塞特港。

我看见玛丽爆发出一阵大笑，就好像一周之后她还在为此狂喜不已。

你不知道我在车里有多么快乐。感觉自己有多么轻松。我停好车，奔向那家出版社，它就在俯视港口的一条小巷里。我在网上查过二十几次它的位置。一条非常小的死胡同，跟鲁热·德·李尔街是垂直的。我没提前打招呼就去按门铃，搞不好他的妻子、孩子也在里面，我可能会打扰到他，我对他的生活一无所知。我只见到他一个人。那个周末，没有孩子，没有妻子。他已经分了好多年。

我给玛丽递上一杯新的咖啡,她轻轻吹了吹,吹开表面的热气。

我们一起度过了三四天。我们闲逛。我们读书。我们做爱。他带我参观出版社,展示架子上已出的十几本书,分别译自意大利语、加泰罗尼亚语和希腊语。有些书他拿不准该不该出,询问我的意见。我们都觉得我们俩似乎没有多大改变。觉得这简直不可思议,变化那么少。

然后呢。

没有然后。玛丽平静地微笑道。有时候回到旧情人身边不是件坏事。见他们一次,然后一了百了。我们不会再告诉自己,这段感情说不定能成。我们会发现,归根结底,一切都太晚了。

她转过身,把窗户推开一道缝,放进一些新鲜空气。

跟让一起度过了三天,让我更深刻地意识到一件事,那就是我还在想念搭车人。我时时刻刻都在想他在哪里,他在做什么。当下,此刻,马上,我想要陪在我身边的人不是让,而是他。

玛丽知道这些话不但对让是种折磨。对我也一样。

第四天早上我起了个大早。我回到车上。我一路往北开。我在地图上寻找祖伊佩讷、祖柯尔克、祖伊库特。他之前说去过的所有地名是Z开头的鸟不拉屎的鬼地方。我开了一整天。连着几个小时看着风景从窗外掠过。越往北走,田野就越白,植被和土地都蒙上了霜。我不再快乐。我很伤心。伤心至极。我不确定我这辈子有没有那样伤心过。就好像我已经提前知道一切都完了。就好像我并不觉得我们的相见还有什么用，此去不是为了重归于好，而是为了对他彻底死心。

我身处旷野，满目泥土，寸草不生。我突然觉得一切都晦暗无光，就好像色谱被压缩，只剩下寥寥几种色调，田野的褐，经霜生菜的浅绿，暖棚塑料膜的白。所有景色都罩上了浓雾。细雨落下，模糊了一切，擦去了树木和景物的轮廓，风景化作柔和的线条，色彩融为大片浅淡平面。我开着车，觉得到处都那样空旷。我感觉在平原上原地打转。我仿佛看到自己，广袤的静寂中央一个微不足道的黑点。偶尔一群寒鸦绕树而飞。或者我注意到已经融化了四分之三的雪堆中那些黑点，那是静止的椋鸟，它们被雨水和寒冷困在地面，再也无法起飞。我看到远处有个暗点，是一只冻僵的鸢站在秃枝上。我在离它还有几百米的地方就猜了出来，这个点在苍白的背景里显得很突兀，我立刻想：是鸢。暗点渐渐变大，鸟的轮廓渐渐清晰。我从来没弄错过。我从这只巨大的猛禽旁边经过，它一动也不动。它根本不在乎注视它的司机多一个还是少一个。它只在乎如何生存下去。如何忍受这该死的寒冷。它忙着蜷成团，弓起背，努力保存身体里残留的那点热气。忙着对抗寒冷，不让它把自己冻住，就像冻住其他的一切。

有时候我经过一个村镇，淋湿的人行道闪闪发亮。我看到一家咖啡馆灯火通明，一家面包房的橱窗彩灯闪烁，仍然挂着许多圣诞节装饰。虽然节日已经过去了一个月，面包房的屋顶檐槽上还爬着一个红白衣服的圣诞老人模型，背着大口袋。一块数字广告屏邀请我去欣赏本镇合唱团的音乐会，参加飞镖锦标赛，或是去了解一下今年四月即将举办的"亚洲电影周"。

接着又是平原，黑色的田野，东一个西一个的雪堆，几棵掉光了叶子的树，只剩下光秃秃的枝干。矮树林就像是一丛丛杂乱无章的头发，蓬乱地挺立着。常春藤盘绕着黑色的树干。一团团槲寄生缀满苍白的枝头。大地到处都蓄满了水分。草叶蓄满了水分。沥青路面蓄满了水分。甚至连空气里都蓄满了水分，它也被浸透，被这缓慢、冰冷、无声而阴险的潮湿渗透。我开了几十公里，没见到一个人影，没遇到任何活物，除了垂头丧气的牛、垂头丧气的羊、垂头丧气的鸟。天地间像是逃空了，掉入一片显然难以忍受的严寒，让人根本无法到室外活动。所有人都逃走了，跑去躲了起来，躲在暖和舒适的房子里，躲在火炉旁，躲在温暖的羽绒被底下，只要是热乎乎的地方，不管哪里都好。只有树木和牲口不得不留在外面，只有它们不得不待在空旷的室外任由大自然摆布，忍受寒冷、苦雨和黑夜，只有零星的、同样已经被遗忘的房子陪着它们。这是些已经半成废墟但依然遥相矗立的老旧农庄，孤单，冰冷，降到极低的温度将它们也冻得僵硬。它们同样不得不苦等在那里，不得不任由蘑菇和霉菌悄无声息地在内部生长，任由墙壁和屋梁被无情地蛀蚀和腐坏。

可怜的女人。我暗想。

不幸的女人，你就这样开着车，在公路上寻找一个男人，就好像在沙漠里寻找一粒沙子。

我觉得每棵树、每棵植物、每头牲畜、每座半毁的农庄、每座破烂的棚屋、每道田垄都跟我此时的状态一模一样。我们都只剩下最核心的结构。还原为各自的真相。我体验到了某种从未体验过的、与自然景物的亲近感。

我来到祖伊佩讷。我在一座高大的砖石教堂门口下了车。我找了会儿。我毫无障碍地想象着他之前来到这里，走进教堂，在墓地里走上一圈，十有八九也曾在我现在驻足的那些墓碑前停留。我拍了一张教堂的照片。我继续上路。我整天就开车乱逛。我研究了周边的小村庄，想象着哪些地名有可能吸引他。我敢肯定他去过长梯镇、魂灵镇、隐匿镇、近末镇、望眼乜呆镇、银钱镇。

我也去了这些地方。所有地方。我把车停在这些荒凉村镇的广场上，我下车，我大声呼喊他的名字，没有得到任何回应，只有我的声音撞在教堂的墙壁上又反弹回来。我开过一些道路，路上遇到的每个居民都透过挡风玻璃盯着我瞧。

夜色第二次降临。我第二次睡在了车里。我把车停在一座村庄的出口，一条土路旁边。我打开睡袋。带上它真是个明智的决定。我衣服也不脱就钻进去。太阳升起。我重新上路。在祖伊库特，我喝了一杯咖啡，吃了一个羊角面包。跟当时在店里的几个常客聊了聊。我问他们有没有看到背着背包的陌生人从这儿经过。一个奇怪的家伙，搭车从一个镇子到另一个镇子，停下来喝咖啡或喝杯酒，或许也在这里喝过，就在这个吧台。他们的回答带着浓重的地方口音。他们问我是不是经常像这样找不到自己的丈夫。酒吧的角落里正在播放 BFM 电视台的节目，是总统最近一次讲话的摘要重播。那些人不时朝我这边看上一眼，又继续去听总统讲话，偶尔对着他骂上一两句。

我又上了车。我一直开，直到遇到第一家一级方程式经济型酒店。我好好地洗了个澡。我整个下午都待在酒店里。整个晚上也是。我看了电视。透过薄薄的隔墙我能听见旁边房间里的动静。房间里住的差不多都是推销员、长途货车司机、中小型企业的打工人。晚上快十点时，我出去吃了点东西。我在我落脚的这片商业区里走了几百米。我找到一家还在营业的公路餐馆，桌上铺着方格子的纸桌布，吃食买一送一，酒吧的彩灯不停地闪烁。我差点儿就走进去，给自己塞下焖鸭肉冻、牛排薯条、芥末烤香肠、洋葱干酪丝面包汤。接着，几乎就在这家店的正对面，我看见了一家烤串店。我选择了烤串店。回去睡觉的路上，我看见那家一级方程式酒店出现在街道尽头，平庸的预制板建筑，红黄相间的醒目招牌，只为了招揽方圆一公里的汽车司机。我找出自己房间那扇小得可怜的窗户，就在二楼，正对着停车场。我看着拖着挂车的卡车挤挤挨挨地停在停车场里，看着周围那些不入流的办公室，空荡荡的街道，亮得反常而荒谬的路灯。

我心想：我这是在干什么呢。

我对自己说，你真是疯了。我很想大笑。

我就是那个女人。我心想。

我就是被自己的男人抛弃，在北方最烂的公路上游荡了三天，一心想要再找到他的那个疯女人。

29

然后,我找到了他。第四天,我找到了他。

玛丽走回桌边坐下,就好像风暴中心的临近让她必须重新找回力量,回到安全区,有所依靠。她的声音平静而疏远。她没有看我,也不碰我。就好像刚刚共度的那一夜并未发生。就好像我们两人身体交缠的记忆已经从她的脑海里抹除,被流放到完全无关紧要的地方,以至于再也不存在。

看到他的时候我离他还有两百米。是他,我心想。我的天,就是他。我认得他的蓝外套。他的背包。他的无边软帽。他几乎无法觉察的微驼的肩背。我差点叫起来。他站在一处红绿灯旁边,在敦刻尔克的出口,一条双向四车道。开车过来很容易看到他,但要停过去太难了。我开在左侧车道,不得不突然减速,插回右侧车道,停到他身边,这时是绿灯。他直到最后一刻才认出我,那时候我已经踩了刹车。

你真该看看他脸上的表情。玛丽笑着说。他目瞪口呆的样子。我后面的司机死命按着喇叭。他动作麻利地上了车,快速关好车门,我赶在红灯之前重新开走了。我们俩又在一起了,彼此之间只隔着几厘米。我不知道你有没有看过昆德拉的一部短篇,写一对恋人玩搭车的游戏。玛丽突然看着我问道。

我摇了摇头表示没看过。

故事讲一对男女去度假。女的还非常年轻,男的要大几岁,起初在关系里头略占上风,恋爱经验也稍多一点,也就一点而已。女的偶尔有点假清高,对自己不满意,想要变得更自在、更自由。路上他们停下来给车加油,女的说要去趟树林,男的就笑话她,因为她从来不敢直接说"尿尿"。她回来的时候,男的开到她身边,对她说了这句话,开始了游戏:您要去哪儿呀,小姐?她也用同样语气回答,管他称"您"。等她上了车,男的继续说:我今天真走运。开了五年车,还是第一次遇到这么漂亮的女郎搭车呢。她微笑起来。让男孩完全没想到的是,她立刻就投入了游戏,很潇洒地回答说:您看起来很会撒谎骗女人。他吃惊极了,又说了些更过分的话,可她并不退缩,甚至比他还狂野。他粗鲁地威胁说要一直跟到她的目的地。她一点儿也不害怕:我好想知道您想要把我怎么样啊。他被刺激到了,心怀嫉妒地发觉她竟然如此擅长调情。从这一刻开始,他们俩都像是出离了自己。男孩看着她跟自己假装的陌生男人调情。女孩看着他不知羞耻地调戏着刚刚搭上车的年轻陌生女性。他们俩一边妒火中烧,一边又为光天化日在对方眼皮底下外遇而异常兴奋。气氛渐渐紧张起来,他们互相惩罚,游戏越玩越大。最后,女孩想要停止,但男孩不愿意。他们去旅馆开房,他把她当妓女对待。他们做爱，他满心怨恨，两人都进入一种超乎自我想象的状态，快感中糅合了狂暴，被无比放大。女孩哭了，她为自己体会到前所未有的快感而恐惧不已。小说的这部分有些大男子主义，可以商榷。总而言之，到了最后，他们俩一起躺在床上，再也难以回归各自的角色。女孩泪流满面，男孩感到疏离，此时此刻，他无可挽回地憎恨她，就好像他们玩过了界，打碎了某种再也无法修复的东西。

玛丽停住了。我仍然看着她，等她继续说下去。我站起来，一直走到水龙头那里，给我们俩接了两杯水。

你们做了爱，超越以前任何一次。这就是你要跟我说的吗。

她努力微笑了一下。

不是。我跟你讲起昆德拉是因为我想起了他的小说，就在他上车的那一刻。因为在找到他之前我就在脑子里想着这个游戏，我不停地对自己说：要是我找到了他，我要跟他玩搭车的游戏。我要始终保持冷静不动摇，我要带他进入搭车的游戏——我说不定还有一个决定性的优势，我心里暗想，我读过昆德拉的小说但他没有。现在回想起来，我要说那其实并不算什么优势。因为很可能他上来就不会让这个游戏发展下去。他会阻止它发生。让它从一开始就不可能，或是彻底改变游戏的局势。事先就知道结局的游戏还能真正玩得起来吗。游戏的所有快感难道不会被扭曲吗。

玛丽看着我，像是在回想我说的话，悲伤地笑了笑。

我们没有做爱，也不存在什么超越以前任何一次。没有。我们甚至没有玩那个搭车的游戏。他坐下来，我立刻明白，昆德拉的小说里那对爱人之所以会玩搭车，那个游戏的念头之所以会出现在他们的头脑里，正是因为他们感到无聊。因为他们的生活没有任何波澜。因为他们不惜一切地想要打破一成不变的日常枷锁。当我看到他的时候，恰恰相反，我感到自己的血管在突突地跳动。我一下子感到羞耻。我险些快乐地大叫起来，与此同时我对自己说：他肯定会以为我疯了。或者更确切地说，他肯定会知道我就是个疯子。彼时彼刻我恍然大悟：我疯了。我就是这样想的。我肯定是疯了才能做出这样的事，显然如此。我看着搭车人一把拉开车门，把背包放在自己脚下，坐到我的旁边。转瞬之间，精心准备好的所有言语都从我的头脑里消失了。我突然觉得那些话全都那么愚蠢，完全不合时宜。我感到惊讶。惊讶于自己找到了他。惊讶于他就在我身边，在这里，在北方的一条小路上，在距离我们家一千两百公里的地方。漫长的沉默。你还好吗。我问。他点了点头，算是回答他还好。我意识到我的头脑里当时只有一个问题：他觉得我漂亮吗，他认为我是他此生注定的女人吗。我想起了这天早上从一级方程式酒店上路时穿的高领衫。那是一件他不喜欢的深色高领衫。在公路上过了三天的我还是个有可能吸引他的女人吗。这就是我当时的想法。

玛丽挺起身子，看着手里的水杯，若有所思地用手指摩挲着杯子的边沿，然后继续说下去。

你找到我了。他说。他的声音里既没有特别的愉悦也没有责备。更像是一种惊异。你找到我了，我真不敢相信。运气吧。我说。运气真好。他回答。有谁会相信哪怕一秒这纯粹是靠运气呢。这个国家有七千万人口一百万公里公路单单在这个小小的北方省就有几万公里国道和省道而你找到了我。我感到了他的爱意。我想要他抱我吻我。他把他乱蓬蓬的脑袋埋进我的头发。我闻到他身上散发出强烈的汗味。他的皮肤因为疲劳而泛出油光。你有几天没洗澡了。我问。三天。他大笑起来。到了今晚就是四天。我的手指穿过他起码有一星期没刮过的长胡子。穿过他灌木般浓密的头发。他把脸贴到我的胸口，亲吻我的脖子，我的额角。他的脸凑近我的脸，我们的脸紧紧相贴，我必须把他推开才能继续看见前面的路。我感到我爱他。我想要他头发浓密的脑袋搁在我的颈窝，我的胸膛。想要他把全部的重量都压在我身上。他说我爱你玛丽。他把头放在我的膝盖上。就放在那里，在我的大腿上，紧贴着我的腹部，而我还在继续开车。我把手指插进他的发丛。我在那片混乱不堪的森林中探索，揉弄他那荆棘般的乱发。我抚摸着他。就像抚摸一个疯狂的，温柔的，帅气的大孩子。

玛丽不再说话。她放下杯子。我看着她用指尖玩弄散落在餐桌上的碎面包渣。她用食指指腹按住它们，聚拢它们，再用拇指指甲将它们碾得粉碎。安静而又机械地将它们变作比沙子还要细的面包屑。

外面，月桂树叶将摇曳的影子投在墙上。一只鸟在工具棚顶上飞来飞去。玛丽的声音那样平静。

这是昨天的事。她说道。不对，是前天。接着就是那一夜。我们去哪儿。过了一会儿我问。去我们遇到的第一家旅馆。他回答。我不在乎去哪里。我只想要一家旅馆。我们来到圣奥美尔。我们把车停在一家名叫"兄弟情"的小旅馆门口。我们喜欢它的名字。我觉得我们运气不坏。换作不久前，我们一定会笑对这一切，买上两瓶好酒，碰杯，做爱，直到天亮。

现在，玛丽的眼睛红了。她用食指和中指在那堆金色细屑中画出一个个小圆圈，细屑底下不时露出木头桌面，又很快被再次覆盖。一次又一次，那堆细屑难以察觉地缓慢移动着。

我原本只要顺其自然。

她用食指轻轻敲打餐桌，不时停下来用指甲碾碎一小块比其他碎屑更硬的面包渣。

我原本只要停止听从自我。全都修复了。我感到他爱我，我当然也爱他。那时候发生了什么。是什么声音在驱使我。那种突如其来的确定到底是从哪儿来的。我们来到前台。先生，您好，我们要一个房间。我听见他这样说着，就好像什么都没发生过，就好像我们从来没有只差一点就永远分开。于是，那个词自己从我嘴里说了出来，我甚至都还没有想到它呢：两间。他看着我。先生，我们要两个房间。我听见自己清楚地说道。前台接待员是个高个子男人，笨手笨脚的，穿着一件紧得可笑的酒红色制服。

他垂下头，假装在电脑上敲打，我觉得他当时恨不得找个地缝钻进去。一阵沉默。先生，不好意思，我们还要一个房间。我重复道。这次他抓起了第二张房卡，把它塞进第二个一次性卡套里，潦草地在上面写了一个数字，把它递给了我。这位先生是307号房间，女士，这是您的，311号房间。

我们俩一起走到电梯那里，沉默地按了按钮。电梯门向两边打开。十秒钟的时间里，我们距离彼此只有几厘米，一起被带往高处。我暗想，一切是否还会再次反转，我们当中的一个是否还能找出方法，开辟前路，走向对方。到了三楼，我们看到了指示牌。301号至310号房间向左，311号至320号房间向右。他用力拥抱了我。他没有试着讨论，没有尝试让我改变主意。我看着他在他那一边的走廊上越走越远。我走向自己的房间。我打开门，一边哭一边扑到床上。

我那时候希望他说些什么呢。或许，如果他有手机的话，我会给他发一条信息。或许他会打电话给我，或者是我最终打给他，电话里我们会感到这一切有多么荒谬，会在还来得及的时候向后退步。

可他没有手机。

清晨六点钟左右，我听到走廊上传来脚步声。我觉得应该就是他。我听见他按键召唤电梯。我差点就冲出房间，阻止他，拉住他。我一直缩在床上，仔细听着每一丝动静。听着我昨天那句话——甚至还不是那个整句，只是那一个词——触动的多米诺骨牌走完全部的因果链倒塌殆尽。我对此已经无能为力了。就好像机制一旦触发，就再也无法中止进程。我听见电梯停到了这一层，就在离我房门不远的地方。男人的脚步迈入电梯。滑轮与传送带重新启动。电梯轿厢向建筑底部下降而去。

我花了很长时间才下床。我哭了。你现在没看到我哭，那是因为我觉得已经把身体里所有水分都哭干了。玛丽微笑着说道。

然后呢。我问。

她拍了下餐桌，神情坚定，甚至带着骄傲。

然后我就回来了。我重新上了我的三门克里欧小车，我又反着开完了那一千公里，一口气。

她现在很平静。她的讲述轻松，流畅，就好像远离了乱流和险滩。

在去的路上，冬天让我觉得凄惨。回来的时候，我却觉得它很美。全是黑的。就好像泥土和树木吸入了更多的水分，缓慢而不可避免地朝着彻底腐烂继续前进。朽坏的护栏和柱子是黑的。腐烂的树干和树枝是黑的。仅剩的零星野草、污泥、融雪是黑的。枯叶和开始朽烂的整片土地是黑的。掉光了叶子的灌木、沉睡的森林、被遗忘的荆棘丛也是黑的。沉没、溺水、死去的整个大自然是黑的，它重新化为腐殖土。这一切没有让我悲伤，恰恰相反。黑色的泥巴也是肥沃的，我心想。那是不知满足吞吃一切的土地的黑。是原始大杂烩、是哺育生机的烂糊汤的黑。是只可能诞生出崭新生命的黑。

我一直开，一直开。每开过一公里就更自信。每开过一公里就更淡定。

然后我就在这儿了。

30

我离开的时候已经是中午。玛丽送我出来。走远的时候我在想：我离开了她家。就是这几个字。就好像那座房子从现在起只属于她了。

我回到家。我重新走进自己的两居室。我发现弃置了十天的咖啡壶里咖啡渣已经发了霉。我打开收音机，努力表现得好像生活渐渐回到了正轨。把散乱在房中的脏衣服塞进洗衣机去滚。拿起扔在书桌上的咖啡杯。看着杯底已经干了的咖啡。整整一圈黑褐色的印子，有些地方产生了裂纹，中间部分颜色最深，凝固的液体形成一层更厚的膜，甚至完全盖住了彩陶的杯底。我试着开启电脑，投入工作。我重新打开 word 文档，想从先前停下的地方继续写下去。就好像什么都没有发生。刚刚流逝的那个星期，和玛丽共度的夜晚，她今早的讲述，她对搭车人显而易见的爱，就好像归根结底所有这一切对我来说都只不过是些无关紧要的事情。

然后，我感到胸口一阵发紧。就好像正吞下从未有任何食道领教过的苦果。就好像我的身体正在抗议，并呐喊着显而易见的事实：够了。这些谎言，够了。

我站起来，再次来到窗边。我看着对面的楼，它金色的砖石，一扇开着的窗户里是堆满书的架子。一张脸突然出现了。女邻居朝楼下的街道掸着桌布。她看见我，非常愉快地对我问了声好，我不得不立刻振作精神。

我以为您去度假了呢。之前没看见您的屋子里晚上亮灯，我想您一定是出门了。

我去帮一个女朋友带孩子了。我回答说。能够跟一个陌生人谈论玛丽，能够称呼她女朋友，我感到很高兴。

带了整整一个星期。

对，带了整整一个星期。

她能有您这样的朋友可真是很幸运啊。

我耸耸肩，笑了起来。

我同意。

她对我说了声祝您愉快，重新关上了窗户。

我带着一本科马克·麦卡锡的小说倒在了床上，心里想着一句格言，一小时的阅读可以抹去我的任何忧愁。可就连麦卡锡都让我感到厌倦。他的《穿越》是我最喜欢的书之一，可就连这本书里的短句也让我开始觉得异常做作和艰涩。

一塌糊涂。我心想。有许多惺惺作态的书都让我产生过这样的想法，可是麦卡锡的作品从来没有。该死，让人无法忍受的一塌糊涂。

我把《穿越》扔向了房间的另一头。它坠落在角落里，像只死鸟般贴着墙根,书页凌乱,封面皱折,隆起的部分就像鼓起的风箱。

我又想起女邻居说的话:她能有您这样的朋友可真是很幸运啊。

我睡了。

两天过去。三天。第一天是阴天。第二天是晴天。我一动不动地看着阳光转过房间,依次照亮每一面墙。大约下午两点时它准确地落在我的枕头上,照得我脸上暖暖的。它悄悄地滑向镶木地板。然后移向右边的墙壁。再然后整个房间被弃置在寒冷之中。

我讨厌阳光如此明媚:起码阴天的时候我们可以毫无愧疚地待在房间里。

渐渐地,我感到悲伤再次涌上心头。我没有立刻明白发生了什么事。但我很快意识到我不再胃里发紧了。我做了意大利面。我狼吞虎咽地吃下去。我在不知不觉中重新开始阅读麦卡锡。我一口气看完了斯图帕里奇[1]的《岛屿》,一本充满了地中海阳光和高崖跳水的薄薄小书。书里有个父亲即将死去,在大限来临之前,父亲和儿子重聚了,一起游泳,互相了解,倾诉彼此的爱,但又没明说。

我一刻不停地想念着玛丽。事实上,我对她的想念日益强烈。几天以后我意识到:我不再难过了。我此刻的无所事事只是

---

[1] Giani Stuparich(1891—1961),意大利作家、记者。《岛屿》是他的代表作。

在休息。只是出于个人兴趣。悄无声息地,在我不自知的时候,我重新恢复了希望。

渐渐地,我获得了这样的自信:一切都只是时间问题。很快就会水到渠成。

我又等了好几天,就好像我们会抑制喜悦。就好像我们在释放喜悦前需要十足的把握。

一天中午,我终于走到了她的家。

她独自在家,亚古斯丁去上学了。她打开门,看到我。

是你啊。

我尝试去解读她脸上的神情,想借此判断她的话是高兴还是不悦。

我打扰你了吗。我问道。

她微笑起来。

没有。

你确定吗。

非常确定。

她让我进了门。

如果你想听所有实话,我就盼着是你。我已经盼了你两天。

我半信半疑地笑了。

好吧,的确是我。我说道。

我靠近她。我不知道该吻她的嘴唇还是脸颊。最后我的吻落在了她的下巴尖上。她拧着脖子,手指穿过我的头发。我再次吻了她，这一次吻得更久。

可以待到亚古斯丁放学。我问道。

可以待到他明天放学。她微笑着说道。今晚亚古斯丁去同学家睡。

我早就知道。我说。

我才不信。

我早就知道不然我为什么今天来。

她看着我。

你真的早就知道？

当然不是。

她飞快地将高领衫拉过肩膀褪了下来，又解开牛仔裤的纽扣。她挺立起来的乳尖压向我的胸口。我紧紧地抱住她。我们俩赤身裸体地站在客厅中间。比第一次更清醒。我们的双手摸索的地方更多，也更加不安分。我们的嘴唇更饥渴。两个人都迫不及待。

31

我更经常地去看望玛丽和亚古斯丁。我习惯了在他们家里过夜。

一个星期日,亚古斯丁想知道他爸爸什么时候会回来。

我问玛丽是否需要我离开,让他们俩单独谈谈。她回答不用。不用,你在这里很好。他喜欢你在这里。当然,我会单独跟他谈,但你不需要离开。

他们俩都留在花园里,亚古斯丁一边踢着球,一边听玛丽说话。他听得越明白,踢球的力气就越大。他不时问些问题,我只能听到只言片语。那我能去看他吗。那我以后住在哪儿呢。然后他陷入沉默,不发一言,拒绝显露一丁点情绪。他只是不再说话,一声不吭。我在客厅焦虑地窥探着外面的动静,侧耳倾听,捕捉着安抚的拥抱引起的衣物摩擦声,让人心碎的哭声。

我听见玛丽问你是不是挺伤心。

亚古斯丁回答也没有啊。

也没有啊。就好像他不觉得有什么问题。

他又不是死了。

他把这句话又冷冷地重复了一遍。

没啥啊，他又没死，他只是走了，这没什么大不了的。

他继续一个人踢了一个小时的球。他不停地在墙上砸出印子，就好像想要彻底击溃所有砖石。玛丽重新回到电脑前，一边工作一边透过窗户看着他。

归根结底，他说得对。他爸爸走了。有什么可多说的呢。

他爸爸离开了。还能再说什么呢。说上几个小时又有什么用呢。

花园重新陷入了寂静。植物们忙着悄无声息地冒新芽。春天忙着准备回归。新生的葡萄藤忙着在三月初的阳光里泛出新绿。橄榄树忙着将树液送至最末端的茎尖。柔绿色的细小叶片忙着从每棵树、每丛灌木、每株植物的顶端冒出来。

接下来几天，我注意到亚古斯丁疏远了我。我们下棋时他不再像以前那样专心，也不再像以前那样热烈地要求我给他讲睡前故事。只要我到花园里找他，他就会立刻停止游戏。

一天早上，我正在搭车人的书房写作，他过来找我。他把自己刚画好的画递给我。那是一幅很大的画，他肯定花了好几个小时。色彩鲜亮。画面铺展在四张用透明胶带粘在一起的A4纸上，和他画的所有东西一样，有着近乎强迫症的精细。

这是什么。我问，看着那幅画，就像看着一件宝贝。

战争。

地面部分在画面上方被简化为一道细细的灰色长条。其余全是地下世界。有好多条羊肠小路钻入地里。三条、四条、五条，就像没有尽头的地穴。有些人在往左边挖地道，另一些人在往右边挖，还有些人钻到特别远的地方，一直到了敌方地道之下。在这些地道里，数百个小小的人影忙碌着，用大车运送枪支、财宝、一桶桶的水和葡萄酒，甚至还赶着奶牛和山羊。

地道里有奶牛。我惊讶地说道。

用来吃的。亚古斯丁说道。他们肯定要吃饭啊。

画里还有一些宽敞的房间，人们坐在那里吃饭。另一些房间里，人们正在准备炸药。这是某个隐形世界的剖面图。恐怖的蚁穴，麇集的欲望，专注于毁灭的意志，即将到来的爆炸。

我刚读过莱塞帕尔热的故事。我给他讲了这段历史。从1915年到1918年，协约国军队和德军在同一座小山上对峙了三年。双方都死了上万人，战线却只移动了几米远。为修建地道，爆破持续了好几个月。小山被炸得千疮百孔，像块瑞士干酪。成片的山体遭到爆破。直到今天，那里还遍布着月海一样大的坑。

亚古斯丁，你画出了莱塞帕尔热。我骄傲地对他说。所有关于莱塞帕尔热的图画里数你的最美丽最可怕。

他笑了起来。

32

我们适应了新生活。我们学会了透过继续寄来的明信片看到它们的本质。某些想法。某些暗示。某种保持联系的方法。贫穷镇、苏珊娜镇、冲劲镇、毛茸镇、长梯镇的景色。我思镇、纯洁镇、沟堑镇、腻烦镇、愁意镇、幸福之人圣马丁镇的明信片。画面里通常是村镇的教堂和广场，它们就像是最具代表性的样本，通过这一基本细胞，我们可以大致想象出周边街道的模样，可以对比不同的村镇，评估它们的活跃程度，富裕程度，以及或高或低的空心化程度。偶尔也会有细节。老酒吧的门面。当地菜肴的照片，一篮子熟食的照片，特色奶酪的照片。市场的景色，旧货摊位的景色。当地引以为傲的某处古迹。但绝大部分时候仍是教堂的照片。大教堂的景色。修道院的细部。

我们不知不觉就拥有了一系列宗教建筑收藏。死人镇教堂。献身镇教堂。圣善镇教堂。母狮新城教堂。闹剧镇教堂。猪头-杂耍镇教堂。那么多村镇那么多教堂，那么多世纪那么多人造的那么多教堂。每次我都这样想。以前觉得理所当然的事情现在让我惊叹：即便在最偏远的村镇广场，即便在最微不足道的一隅小镇，也有人在为上帝建造居所。不只是建造，还要把它造得比其他居所更漂亮。比任何城堡、任何公爵或亲王的宅邸都更高大。吕尼翁、勒帕萨日、塔恩河上圣罗马、卢巴雷斯的教堂。弗拉维尼、纳韦迈松、埃丹、道尔芒斯、索默苏、沃库勒尔、谢瓦布朗、巴卡拉、昂格吕尔、奥迪尔、迪约兹、吕浦特的教堂。我，从不信教的我，最终也被感动。而且我知道搭车人跟我一样也是不可救药的无神论者。

玛丽现在已经不再愤怒。悲伤，或许有吧，每当她收到新明信片的时候。随着这张长方形的硬纸片一并到来的，还有她曾经爱过的那个男人的一部分。但她想方设法将这种悲伤扼杀在体内。不愿再给搭车人任何借力点。拒绝让他继续成为自己的情绪负担。时刻留意向我证明她现在在这里。跟我们在一起。跟我在一起。

这个周末，如果天气好，我觉得我们可以一起去阿尔皮耶山里远足。我找到一处可以过夜的宿营地，我们可能会有点儿冷，但只要带上厚厚的羽绒睡袋，肯定会很有意思的，你们不觉得吗。而且这个季节也不会有很多人来打扰我们。

亚古斯丁惊讶地看着她，回答说好的。

这个周末去远足好的。

明信片背面的话是写给我们三个人的，就好像我们现在住在一起是自然而然的事情。

替我拥抱玛丽和萨沙。搭车人在给亚古斯丁的明信片上这样写。

读不出一丝一毫的敌意，一丝一毫的苦涩。

另一些时候他写给玛丽和我。朋友们。他寄来的明信片如是开头。而且发自内心：他写给我们，就像写给最珍视的朋友。他的语气里充满信任，确信我们之间的感情，也从不怀疑我们对他也保有相同的感情。

有一天他打来电话，玛丽对他讲起亚古斯丁的画。

如果可以的话去一下莱塞帕尔热吧，这肯定会让他高兴的。

几天后，亚古斯丁收到一个信封，里面装着好几张夜晚拍的拍立得。总共有五六张，全都光线暗淡，叫人瘆得慌。黑夜如此浓重，闪光灯只能照亮最近的地方。漫山遍野的白色十字架浮在车灯的微光中。巨坑周围遍布松树和岩石。怪物般的巨大坑口，浓黑充斥其中。

收到照片后的第三天，他给我们打了电话。亚古斯丁问他害不害怕。搭车人回答说他害怕。

我不知道那到底是不是害怕，反正我感觉不太好。那个跟我一起去的司机也一样。他是个面包师傅，正要回家去。我说起了你的画，他很愿意绕个道。他对我说，我很愿意为您的儿子这样做。

我们把玛丽的手机开了免提，听搭车人讲述他凭吊那处战场的经过。先在山丘下读了介绍牌，里面提到在战斗中受伤的热纳瓦和荣格[1]，还有战死的路易·佩尔戈[2]，就是你很喜欢的《纽扣战争》的作者，亚古斯丁。然后我们在黑暗中前进，周围漆黑一片，车灯中的世界只剩下沥青路边两条细细的绿色草线，偶尔露出一两头奶牛幽灵一般的身影，它们从睡梦中被惊醒，惊讶地抬起头，眼睛呆滞无神。突然，黑暗中冒出大片坟墓，成千上万一模一样的白色十字架，根本无法计数，覆盖了整片山坡，草地上没有一处空隙。车灯射出的光柱滑过山坡。总有新的十字架从黑暗里冒出来，像是从虚无中捞出来几秒钟，在草地那刺眼的深绿色背景中异常苍白，异常阴森、凄凉、荒芜。

搭车人的声音很平静，他不疾不徐地说着。

面包师傅和我都不知道再说什么了。他继续说道。我们俩全都沉默不语，汽车无声无息地开在盘山路上，爬向山丘顶端，那里杂草丛生，就好像自从战争结束以来再没有人敢在那里砍下一根树枝，就好像从那里拔掉一根草叶或是摘下一片树叶就相当于再一次害死曾经在那里不幸丧生的人们。但最疯狂的还是我们在山顶遇到的事情。一辆房车。一对夫妻在里面睡觉，也可能是整整一家人。一辆来旅游的房车，那些人真是异想天开：咱们今晚这样，去莱塞帕尔热过个夜。

也许他们不知道那儿发生过的事。亚古斯丁说道。

----

[1] 莫里斯·热纳瓦（Maurice Genevoix，1890—1980），法国作家、诗人。恩斯特·荣格（Ernst Jünger，1895—1998），德国作家。两人均以回忆一战的作品而知名。
[2] Louis Pergaud（1882—1915），法国作家。1915年在战斗中失踪。

那不可能。我跟你发誓。当你到了山顶，你绝不可能感觉不到曾经有三万人死在了这里。

亚古斯丁又问了一些问题。他问搭车人知不知道战争期间人们在莱塞帕尔热到底吃掉了几百头奶牛，又问他觉不觉得有许多奶牛跟士兵一起住在山底下的地道里。我们都笑了。然后亚古斯丁和搭车人挂掉电话。亚古斯丁压根没想过要问问他爸爸什么时候回来。他从来没想过他还能回来，这只取决于搭车人自己。

屋子里沉默了好长一阵。就好像莱塞帕尔热之夜的一部分侵入了我们的房子。就好像被埋葬在那里的一些鬼魂设法钻过了开得过久的扬声器，继续在此处飘荡，就在我们中间，就在这间客厅。

33

我们习惯了给他分派任务。通过电话告诉他吸引我们的城市和村镇的名字。亚古斯丁最先说了阿斯特镇（Aast），那是按字母顺序排列的第一个村庄。玛丽提到了维里耶叙尔波尔镇，她祖父母以前住在那里，她大概已经三十年没回去过了。一星期以后，她收到一个装着照片的信封。俯瞰镇子的草场上的奶牛。全新的收割机停车库。正在倾倒铜水的铸造工人。比教堂花园大不了多少的墓地。已经被苔藓和高草吞食的家族墓碑：勒夏，埃梅．勒夏．让。最后是一座长长的农场，周围的院墙上几乎无门无窗，只有一块显眼的木牌，牌子上面写着：雅克·勒夏和他的父亲让·勒夏曾经住在这里，他们隶属法国义勇军及法国内地军，于1943年8月13日为国捐躯。

搭车人从阿斯特镇寄来的照片上是玉米地。一望无际的玉米地。田野里四处冒出的房子。爬满绿藤的墙上耸立的钟楼。不过，最常见的、到处都是的、占据了画面三分之二的，还是玉米地。

有一天我给他分派了任务。

加来。我对他说。你干嘛不去加来看看呢。

十天以后,寄来的不再是小包裹,而是一个巨大的纸板箱,里面装着各种东西,一句解释也没有。沾了沙子的刀叉。刮出许多白色划痕的圆珠笔。镜子碎片。单只的旧球鞋。用过的旧牙刷。空洗发水瓶和牙膏管。被阳光照得褪色却还能使用的安全套,远没到保质期。还有一顶旧软帽,我抖了又抖,还是弄不干净里面的沙子,只要一戴上就会有沙子掉进头发里。

直到看见箱底塞的那些照片我才明白了一切。被许多人踩过的沙丘,显而易见的一片混乱,有些地方被反复驶过的沙地车碾平,地上还能看到巨大履带留下的痕迹。一大片沙地的特写,还有搭车人在那里看到的残余物品,搭帐篷用的小木桩,衣服和被子的残片,撕开的食品包装袋。他去了荒地难民营[1],著名的"丛林",一年多前被夷为平地,数千居民分散安置。他在那个旧贫民窟徘徊了整个下午,像考古学家那样在地上仔细寻找,收集了他能找到的所有东西,再把它们打包寄给我。

我特别喜欢那个汤勺。搭车人在其中一张照片的背面写道。它是送给你的,拿着吧。

汤勺就在这里。劣质白铁汤勺,表面坑坑洼洼,跟一把小勺子差不多重。不过它很可能在难民营的这家或那家小饭馆里辗转过好几个月,伸进过上千份阿富汗或厄立特里亚风味的汤食。很

---

[1] 2015年法国加来地方当局为安置等待入境英国的难民而设立,2016年10月关闭。

少有汤勺能履行使命到这个份上。

搭车人把最漂亮的东西留给了亚古斯丁：一个从沙丘之间捡来的黄绿色皮球，单是它就占了纸板箱三分之二的空间。过去肯定有数百双脚踢过这个球，它肯定成千上万次越过两块石头或两根棍子之间随意画出的球门线，引发过无数的欢呼、诅咒、抗议和胜利的吼叫。

你确定没人要它了吗。几天以后，亚古斯丁在电话里这样问道。

沙丘上有好几个球。搭车人回答。大概有五六个球扔在那里没人要，就扔在离营地其他区域几百米远的地方。那些人离开的时候应该没法带走。

可你真的确定它们没人要了吗。

我也犹豫过。搭车人回答。后来我心想，要是它们的主人把它们留在原地，肯定是为了能让它们继续派用场吧。不管对谁都行。所以为什么不能是你呢。为什么没有家的人就无权像其他人那样送礼呢。

一阵沉默。亚古斯丁看起来并没有被说服。

现在该你玩球了。既然我把它从那里带走，就只有一件事是重要的，那就是让它变得有用。让它继续干皮球该干的。不管在哪儿都行。不管谁来踢它都行。让它继续当它生来就是的东西：一个让人踢的皮球。让小孩子开开心心玩的皮球。

我跟着亚古斯丁到了花园。我们在草地上试着踢球。一开始很小心。就好像每一次踢到皮面上都是对它的亵渎。当亚古斯丁把它踢到墙上，皮球在砖石上刮擦，我差点儿就大声责备他。

后来，我们慢慢投入进去。我们抛弃了所有矜持。那个皮球重新变成了跟所有皮球一样的皮球。

现在轮到亚古斯丁责备我了，每当我把它忘在外面的时候。

萨沙你又把球扔在雨里了。

他急忙跑出去把它放在雨淋不到的地方。可那并不是因为它是一个从荒地难民营寄回来的皮球。他对所有皮球都是这样的。

34

白天重新变长了。天气晴朗。星期六早上,玛丽和我带着亚古斯丁走了很久。我们笔直地穿过一座座山丘,哪怕有时要下到山谷里,或者横穿一片森林,直走到筋疲力尽。开头几个小时,亚古斯丁像只快乐的野兔似的跑来跑去,接着就累了。最后我们必须一再给他打气,好让他反向走完去时在石块和橄榄树间跋涉的里程。

我们回到家,亚古斯丁拿起一本书倒在沙发上,五分钟以后就睡着了。我们喝了杯热茶,让身体暖和起来,上楼去躺下。我用滚烫的水冲了淋浴,赤身裸体地钻进被子。玛丽也去洗澡,我等着她。我享受这一等待,等待她裹着浴巾从浴室里出来,然后把浴巾摘掉,躺到我身边,全身依然滚热。

搭车人离开了,可他又没离开。我们会想他。他寄来的东西说明他也想我们。我们大致知道他在哪里。有时候他会让我们吃惊,突然到了另外的地方,距离我们以为他去的地方数百公里,就好像一头潜入水中的鲸,在远远超出想象的地方重新露出了水面。

他在电话里的声音是愉快而幸福的。就好像特使这个新身分令他很满意。帮他在我们四人之间好歹建立的平衡中找到了属于他的位置。这平衡既不牢固，也不常规。但它保持住了。它让我们四个人都变得幸福。它保持住了。玛丽和我经常会有这样的念头，几乎为之惊叹。它保持住了，无论看起来多么难以置信。

他就像是我们的一个终端，被派出去冒险，一个探测器，将远方的世界带到我们面前。他是属于我们的探险家。他是同伴，我们温和而愉悦地旁观他那些心血来潮。他是我们离奇的分身，友好的幽灵，我们知道他既遥远又切近，遥远到我们不至于依赖他，却又足够切近到陪伴着我们。他为我们旅行，为我们发现一切，为我们与人相遇。不论去到哪里，他都会收集东西。他就像一只织布鸟，用遇到的东西来筑巢，将树叶、粗枝、细枝和布头都混进他的建筑。他收集一切，不知疲倦。

令人惊讶的是许多联系通过他建立起来，许多人生通过他被拉近。亚古斯丁和他的伙伴们在V城玩着球，来自世界各地的难民就在一个月以前也玩过同一个球。曾经在加来供应过成千上万顿餐饭的汤勺现在被用来盛满我们的盘子。

他有时候会明确地表达自己的心愿：不光是共享一段同车时光，再进一步。让这段关系延续下去。保持一条纽带。现在他不只记录搭车司机的地址。他还会给出自己的地址——我们的地址。他请对方务必写信过来，顺道拜访，愿意的话还可以住上一段时间。有时候会有信件寄来，来自布列塔尼、阿尔萨斯、勃艮第、比利牛斯。我们暂时把这些信跟照片一起放在那个装宝贝的大纸板箱里，等以后再处理，等搭车人重回旧地的那天，我们都不怀疑他迟早会重回旧地。

三月的一天下午，一辆天蓝色的厢式卡车停在了我们家门前。这是乔西亚娜和罗贝尔的车。他们俩六十多岁，是两个月前搭车人从洛里昂到南特的途中邂逅的。车上装满了宿营用品，他俩显然打定主意要在我们家住上好几天。

下午好，你们就是玛丽和萨沙吧。乔西亚娜一看到我们就打了招呼。她下了车，拥抱我们，就好像她跟我们已经认识了很久。

罗贝尔和乔西亚娜有着习惯互帮互助的旅行者常见的快人快语。他们的自行车固定在卡车顶上，罗贝尔亲手做的双人铺位立刻就成了亚古斯丁的度假小屋。五天以后他们又出发了。留给我们的是朋友走后一般的空虚感。

35

随着时间流逝,搭车人开始对旅程结束感到惋惜。他的路最终总会不可避免地与那些遇到的人岔开。他开始问他们是否意识到这一点。他们是否明白,靠了怎样的因缘巧合他们的行程才得以交汇。

通常来说,我们遇到的陌生人或多或少与我们的生活有所关联。工作环境。孩子念书的学校。经常出入的酒吧和娱乐场所。我们迟早会再次遇到他们,我们迟早会再次和他们交谈。然而您和我,我们俩相遇的几率是多少呢。现在我们难道要摧毁这一切吗?

我们遇到的许多人确实是这样。司机会这样说,想让自己安心。每次或几乎每次遇到陌生人确实是这样。看看网上。我们可以遇到那么多人。

可搭车人说不是的。不是,网上的相识出于各种原因但不存在巧合。我们上网登录某个具体的网站。查看简介。检阅照片。有所筛选。

有些司机会对搭车人的严肃思考一笑置之,不怎么当回事。

可等到分别的时候，两人的声音里都会有一种不寻常的严肃。就好像司机选择把搭车人逐出自己的生活。就好像他们屈服于不再相见的命运——事实上我们每次跟火车、地铁、公交车上遇到的人分开时就是这样。只不过这一次这种放弃成为自觉。司机蓄意斩断将他跟搭车人连在一起的那线细丝。斩断的时候直视着搭车人的眼睛，毫无愧疚。在断开的瞬间，也就是最后握过手，一拍两散的那一刹那，无比清醒。

不至于把这事看得那么重吧。司机说。我明明刚帮了您的忙，却觉得自己像个混蛋。

另一些时候刚好相反，司机理解搭车人的意思，跟他有相同的感叹，想到要斩断这偶然的缘分就会一下子陷入同样的眩晕。他们会一起计划着重逢。您觉着下回我们会干嘛。搭车人问道。我想象着您帮我打理花园。司机回答。我猜咱们俩会趁着星期天在我家谷仓修修弄弄。给我家地窖重做隔温。我想象咱们俩在尼韦内运河边上钓鱼，舒舒服服地守着钓竿。我觉得我会和您一起上路，花几天时间搭车去诺曼底。一起去南方您家里。

有些人不假思索顺口就答，就像蹦出一句机敏的俏皮话。另一些人开口前会仔细想上好几分钟。他们打量着坐在身边的搭车人，一脸真诚地思索和他干点什么。忐忑换了边。轮到搭车人带着一丝焦虑等待答复。

既然您问了我这个问题，那我就回答您吧。某个年纪可以做他母亲、穿着挺时髦的女司机想了一会儿说道。我要告诉您我脑子里冒出来的第一个想法，绝对是第一个。不好意思，但我想到的是跟您一起在天体爱好者沙滩度过一段美好的时光。一片特别热、特别空旷的沙滩，度过许多非常美好的时光，而我丈夫会对此一无所知，我想想就可乐。我想象咱们俩成了球友。一个连续二十年预订博拉尔特体育场整季套票的朗斯足球俱乐部球迷如是回答。我们在弯道的看台上一起观看每一场比赛。我想象我们一起打网球。一名年轻女子回答说，她有个跟亚古斯丁差不多年纪的儿子。

网球。搭车人重复道。

没错，网球。怎么了您难道不喜欢网球吗。

搭车人问她想象的是不是混合双打。在她想象的场景里他们俩是在球网的同一边还是对面交锋。

对面交锋。年轻女子毫不犹豫地回答。我想象自己在网球场上同您对垒。我和您进行一场激烈的比赛，最后把您打败。搭车人不由瞪大眼睛好奇地看向她。

有那么两三次，他真的去做了。他真的向那个尼韦内司机提出陪他去钓鱼。也真的跟那个女孩打了会儿网球。照片里他跟钓鱼的司机并排坐在露营折叠椅上。跟打网球的女孩分站球网两边，摆出赛前握手的样子。两人都身穿运动服。他身上的运动短裤是在女孩平日练球的沙托鲁网球俱乐部借的，太紧太短。

这些画面带有一种淡淡的哀愁：原来有那么多或许只存在一个下午的潜在人生。原来可以缔结那么多友谊，但精心的安排却恰恰说明它们只是模拟出来的假设场景，恐怕永远无法真正地实现和经历。

偶尔也有些人想向搭车人证明是可以建立真正的联系的。有位成衣销售代表邀请他去阿里耶省的家里，在乡间共度周末。有一家人在保龄球之夜后坚持留他过夜。有个女孩批评他不战而降，根本就不愿意真正经历那些他所说的其他人生。批评他甚至试也没试就哀叹它们根本不可能实现。她直截了当地攻击他。为什么你总要用条件式过去时呢。为什么总是没完没了地说我原本可以，我们原本可以。

你可以啊。女孩说。你现在就可以，立刻，马上。你看，可能性就在眼前。它正朝你张开双臂。她带他回家，跟他久久地做爱，想让他抛掉这种该死的哀愁。她骑在他身上，想唤醒他，想把他叫回当下。她全情投入，决心满满，一心要击败那莫名的愁绪。

我的屁股是虚幻的过去吗我的屁股。

他离开的时候头晕眼花，比任何时候都更加哀愁。那女孩子弄错了。他心想。他们整晚都在做爱，甜蜜地相互接触和抚摸。可这样也有结束的时候。就算他们整晚亲吻做爱也无法将分别时的心痛减轻一丝一毫。接下来的两三天里他还能感到她的头发触碰着他的面孔。她的乳房贴蹭着他的脸颊。他还能看见她赤裸地趴着，笑着对他说来呀。

渐渐地，他开始渴望一场聚会。一场盛大的聚会，把他在旅途中遇到过的所有司机都聚集在一起。我的第二个家。他在电话里说道。所有家人都曾经在某一天让我上了他们的车。为我尽到车主之谊。我经常想，应该跟他们一起让一切重新开始。我经常想起这事，我寻思，如果要重建世界，出发去另一块大陆或另一个星球，重新创造一个社会，所有人都随机抽取，不管怎样仍能代表现今男性女性的多样性，那么我觉得这些人将会是非常好的范本。他们都不是胆小鬼。都很可靠。他们应该不会事事看法相同。有可能在许多话题上都谈不拢。但所有人都会敞开车门。

他想象着一个沙滩上的周末。在森林里某个地方的一场聚会。再过几个月就是夏天了。他说。他梦想着连续两三天的愉快远足，每天晚上找个村镇打尖，吃烤肉，玩音乐，跳舞。再次见到他们所有人。他在电话里说道。同时见到收藏在箱底的照片上的数百张面孔，真正把他们聚在一起。让他们能够在真实的生活里相会。来自法国各地的上千人共度一个周末。

我嘲笑他。

这一千个人当然都会响应你的号召跳上车。这一千个人别无所求，只想花上十个小时开车到一片大森林里去见一个这辈子只遇到过一次、只在那段旅途中相处过的人。

他拒绝示弱。他信誓旦旦地说许多人都会这样做的。我已经能看到那场聚会了。他说。就好像这个想法让他安心，让他得以想象一条出路，一个幸福的结局：终结四分五裂。扭转所有人永远一盘散沙的命运。重构男男女女的群体。

36

他渐渐远离了我们。他的邮寄频率变慢了。我们花了些时间才注意到这一点。每封信的间隔不再是原本的三四天，而是变成了五六天。接着我们习惯了等上整整一星期。这种变化是细微的、隐秘的，完全被明信片反面潦草写就的温暖话语所抵消，以至于我们拒绝承认其中的倒退。这几乎不算是一种远离。更像是某种东西在远方缓慢地、非常缓慢地淡出。一种难以觉察的自我抹除，有意或者无意，以表现得不那么痛苦。

我当时想这也是一种离开的方式。显然不是最勇敢的那一种。但仍是一种方式。没有激烈的大动作。没有摔门声。无声无息，化作空气。

在他继续寄来的那些明信片上，搭车人讲述着自己的计划。不出法国的国际旅行：圣贝宁、威尼斯、蒙特利尔、波尔图、格拉纳达、沙漠镇、沙丘镇。美食之旅：塞纳河畔图尔内多（菲力牛排）、埃沙洛（分葱）、潘布朗（白面包）、朗迪耶（扁豆）、格拉（油脂）、欧特吕什（鸵鸟肉）、卡耶（鹌鹑）、穆通（绵羊肉）、戈雅瓦（番石榴）、瑟里塞（樱桃）、拉布塔耶（饮料）、香槟。命令式之旅：亚隆（去）、维安（来）、库尔（跑）、布尔（冒泡）、布瓦（喝）、帕里（变白）、图尔福尔（转身）、维斯特（滚开）、克鲁（钉钉子）、萨利维（流口水）、索瓦永（是）。人体之旅：芒通（下颌）、库尔贝（人体曲线）、科尔（身体）、昂格勒（指甲）、昂什（胯）、奥莱耶（耳朵）、格朗（龟头）、森岛（乳房）、夏特（女阴）、克洛讷（脊椎）、圣热奴（膝盖）、奥斯（骨骼）、舍维耶（脚踝）、圣法尔（阳具）、圣保罗雄柱峰（阴茎）、拉莫特（阴阜）、拉格朗莫特（阴阜）。形容词之旅：杜城（温柔的）、朗城（缓慢的）、维夫（鲜活的）、弗城（错误的）、卡普希尤（阴险的）、韦尔（绿色的）、维约（老旧的）、布莱（熟烂的）、毕东（伪装的）、布吕斯克（突然的）、热瓦伊兹（快乐的）、绍德波讷（热的、好的）。爱情之旅：苏珊娜、热尔梅娜、圣黛西蕾、玛格丽特、葆萝、拉雅朗热尔（卖鱼妇）、拉古拉弗丽埃（诺曼底方言：贪吃妇）、费丽娜（猫一样的女子）。

有些日子他心情阴郁：奥普莱勒科尔（肉体之后）、莱皮讷（荆棘）、苏西（烦恼）、艾圭耶（针）。有些日子则相反，美丽的世界令他赞叹、着迷：贝拉菲尔（好买卖）、博索莱耶（艳阳）、博利尤（胜地）、彭松（妙音）、博勒加尔德特拉松（美景）、阿朗茹瓦（妙趣）、奥贝讷（好运）。

他远离了我们。他不断抛出新计划，仿佛以它们为屏障，可以让自己消失得更彻底。虽然继续给我们写信，但几乎不再提及他经历的任何事情。

四月的一天，我收到了这样的信。

萨沙，你在信里会看到我附上的一幅草图。那是我想打造的一种工具：旷度计。它的作用是评测我在旅途中所过之处的空旷程度。众所周知，在法国四分之三的土地上找不到人。真有纵贯法国的无人对角线，这太疯狂了，它真的存在，农场、田野、公路，看上去没人的地方竟然有那么多。但是，空旷度达到极值的地方在哪里？我到过阿韦龙喀斯山脉的深处。我曾经深入汝拉的森林。我曾经登顶萨瓦荒凉的冰塔。可是，最荒凉最空旷的那个地点，到底在哪里呢？当我向司机们提出这个问题时，大多数人便驶离国道，开上狭窄的小路。我们沿着曲折的道路一起穿过田野和树林。最后，我们下车，一直走到某一片田野的正中央。一直走到某片盆地最深处。一直走到某处绝壁的边缘。司机在那里停下，站在寂静无声的大自然里。他拿出手机，确认再也没有信号。我们倾听。我们窥探自然。我们竖起耳朵捕捉树叶最细微的摩擦声。我不知道那是不是空无，但那很美。昨天一大早有个人载了我，他迷上了这个游戏。他给工作单位打电话请了一整天假，跟我待到晚上，一路寻找。现在，我在这里，在阿里埃日。我的周围都是森林。羊群。形单影只的人。他们基本上全住在自己亲手建造的木屋里。你呢？

37

接着,来信停止了。

春天彻底回归,随之而来的是晴好的天气,阳光明媚的下午,蓬勃生长的植物。我们在花园里干活,种下了十几棵西红柿苗。亚古斯丁去年花在菜地里的时间没有超过一小时,今年却忙了整整两天。晚饭的餐桌边又聚起了朋友。花园里又有了美好的夜晚,美酒流泉,气氛友好,聚会一直持续到深夜。

玛丽完成了小说翻译的第一稿。她可以喘口气,离开书房,拥有属于自己的时间了。她重新开始弹钢琴,连续阅读几个小时,出门去散步。我们共同度过一个个漫长的白天,有意识地、充满愉悦地去操练这项最难的技艺:什么也不做。无所事事的、空闲的白天,就像退潮以后的广阔沙滩。许多个下午被用来赖在床上,看着时间在钟面上流逝;被用来庆祝我们浪费掉了尽可能多的时间;被用来拖延到最后一刻,放学时间到,不得不去接亚古斯丁回家的时刻。

我有时候看到玛丽若有所思,茫然的眼神迷失在虚空之中。我窥视着她重新凝神的时刻,她的思绪重新与周遭世界接轨的时刻。她突然看向我，看出我刚才在看她，她只是对我安静地微笑，不会尝试为刚才的失神进行任何自我辩解。我不曾问她问题。她对我未做任何承诺。日子一天天过去，我们共同度过。但在我内心深处，有种想法从未停止：担心这一切迟早会结束。我害怕在某个晴朗的日子里，这种三人的生活终将终结。玛丽来到厨房，站在我面前，就像她回来的那天早上一样。她对我宣布说她无法再继续下去了。她说这两三个月的共同生活让她开心，让她幸福。她说她也对此寄予了希望。但她内心深处始终还能感觉到他。那里被挖出了一块永不消失的虚空。

她会说我一直爱着他萨沙。

我一直爱着他这没办法我试过了可不管用我没办法。

有些晚上让娜会过来吃饭。我们在甜点过后送亚古斯丁去睡觉，然后三个人回到厨房坐在桌边，喝最后一杯酒，或是泡一壶马鞭草茶。让娜会直截了当地提问，方式无比直白，一扫平时的克制，不再回避问题。

说起来另外那个无所事事的家伙呢他有没有跟你们说他打算哪天回来拿走他的东西。

就好像她希望能用这种亲昵的态度去掉问题里的沉重和严肃，稍微抹除说起这个话题时的恐惧感。

那位艺术家人在哪里他怎么说我们是把他的东西全扔到自助式仓库一了百了还是等到他回来自己处理。

玛丽会微微一笑，说让娜是野蛮人。回答说我们才不在乎他的东西，那些东西妨碍到我们哪怕一秒钟了吗。接着又补充说你问的也对，我只是以前从来没考虑过。自助式仓库应该也没什么不可以的。城北就有一家我可以去打听打听。

一天晚上，我们跟其他朋友一起坐在花园里的桌子边，这次提问的不是让娜，而是玛丽的朋友达维。他也是译者，知道玛丽和搭车人在一起许多年了。

那你知道他现在住在哪儿吗。

只需要短短一句话就能揭开一道深渊，短短一句话，立刻让一切变得确实、绝对、不可逆转。搭车人离开了，真正地远走他方，在别处重新安顿下来，不只是他自己接受了离去，就连玛丽也接受了——我们努力想要逃避的就是这样的事实。

我看了看玛丽，我们所有人都在等。她几不可察地微笑着，不慌不忙。

我很傻，总是想象着他还在路上，还在做着他一直在做的事情，继续在这个国家里往返旅行，从一头到另一头。但你说得对，我或许缺乏想象力。

我窥探着玛丽声音里的情绪，我为她的坚定语气感到高兴，她的语气并不像我担心的那样没有自信。

我想了他很久，我一直想知道他在哪里，他什么时候会再回来。现在我想得越来越少。我几乎为此感到难过，但这就是事实：他是不是回来对我来说越来越无所谓了。

她自嘲地微微笑了笑。

好吧我不准备撒谎。当你想象他在别处生活,这一下子伤到了我。我真的感到有点受伤。但我想也就是这样。很快这甚至不会再对我造成任何伤害。

她说这些话时并没有看我,并没有在过去的旧生活和如今的新生活之间寻求平衡,她的意思是向所有人表明问题不在这里,绝不要把我们,搭车人和我,拿来做比较。

达维没再问别的问题。大家都不说话了。玛丽也停了下来,思索着她接下来要说的每个词,不想说出任何未经思考、未经斟酌的话。

从前我总是担心他会回来。她转向我继续说道。我不知道会发生什么。我既希望这发生,又害怕这发生。现在都结束了。他可以明天就推开那扇门,请求我允许他在这里住上一整个星期。请求我们的允许,萨沙和我。他可以这样做,我也能够面对。

38

三天后,他回来了。

一阵出乎意料的门铃声,一个磨磨蹭蹭的早上,迟迟没有开始工作的我。

我去开了门。他就在那里,站在门口。穿着他那件磨破了的蓝外套。

我们看着对方。他拥抱了我。

我来找你。

你说什么。

我说,来吧,跟我走,咱们一起走。你跟我。我们俩一起走。

这话说得理所当然,就好像他毫不怀疑我会接受这种要求。

玛丽听出了是他,或者猜到了是他。从说话的声音里,从落在走廊上的身影里,从站在门口不进来的方式上。她走过来站在我身后。

你好,玛丽。

你来干什么。她轻声问道。

他微笑着指了指我。

我向你借他两天。或许三天。最多三天。我跟你发誓绝不超过三天。

你们要去干什么。

我想带他去个地方。

附近的某个地方吗。

某个地方，他去了就知道。

玛丽看着我。

你同意了，萨沙。

我耸了耸肩。我觉得自己一点儿都不想跟他去。玛丽也根本不想让我去。可我还是会跟着去。我必须跟着去。就连玛丽也这样想。我收拾了几样东西，去橱柜里找出羽绒睡袋。我穿上外套。玛丽站在门边看着我们离开。她拥抱了我们，几乎开始觉得好玩了。

我爱你们俩我的汉子们。快走吧。

在街角转弯之前，我们最后一次转回身来向她挥手告别。

别干太多傻事，我就说这么多了。她微笑着说道。

然后她关上了门。

我们一直走到出城的环岛。我感到自己像个傻瓜，来到这里，站在这个早就熟悉的环岛上。我的车就停在不到一百米远的地方。

我们去哪儿。我问道。

我犹豫过。他回答说。这实在很难选择。人类的圣洛朗镇。

气息镇。肉体之河镇。最后我选了俄利翁。比利牛斯山里的一个小村庄。你觉得俄利翁怎么样。

我说好的。

那我们就在那里见吧。

他在背包里翻了翻,拿出一块写着波城的牌子,递给了我。

这是比赛吗。我问道。

他捧腹大笑。

不是。只不过咱们分头去的话会更快一些。

要是我不走呢。

你不走那我也不走。他大笑着说。咱们俩就在原地待着。快点吧,第一辆车归你。

我耸了耸肩,走下环岛来到路边,纳博讷方向。我竖起拇指,举起牌子。头几辆车开了过去,一点没减速。十分钟后,一辆小型雷诺停了下来。我认得驾驶位上那位年纪特别大的老太太,我曾经好几次在城里的书店遇见她。

我不知道您还玩搭车。她微笑着说道。

她打开了车门。

我要去贝济耶,没办法带您走太远。

贝济耶已经很好了没问题。

我朝搭车人做了个手势祝他好运。我坐上车。老太太重新启动车子,沿着城墙边的大路开,直接开向红绿灯上了高速。我看着城市渐渐远去。我想着有待走完的里程。想着在路上等待我的那些个小时。我在自己的整个身体和思想中体验到一种熟悉的紧张感：出发时的兴奋，重新上路的快乐。我已经很久没有这种感觉了。我感到自己的声音有些嘶哑，我与同类打成一片的能力在不知不觉中变得迟钝了。但它还在，做好了重生的准备。它别无所求。

所以现在您要去波城。

去俄利翁。我回答说。俄利翁是贝亚恩的一个小村子，在波城和巴约讷中间。

我看出自己的回答让她非常惊讶。

巴约讷。我的天啊，巴约讷，您打算今晚就到。

今晚时间可能有点紧张。我平静地表示。但希望最晚明天能到。如果一切顺利的话明天午后到。

她看着我，像是要确定我没有开玩笑。

可夜里怎么办。您准备在哪里过夜。

我耸了耸肩，为自己在二十年后再次扮演冒险家感到欢欣鼓舞。

离入夜还有八个小时呢，走着瞧呗。谁知道八个小时里都会发生些什么呢。

她笑了。

他疯了。我敢肯定他百分之百疯了。

39

最后那名司机把我放在一个十字路口，旁边就是一块指示牌，上写：俄利翁，贝斯特区。我放眼四顾，望向周围的房屋。我刚到的这个村子建在一座小山丘上，就在两条路的交汇处，不过弹丸之地。我扫视下方的平原，听着道路一侧行道树的幕墙里传来的风声。我四处寻找搭车人的踪迹，毫无收获。

我看了一眼手机上的时间：下午两点。我站在那里，看着每隔十分钟就经过一辆的汽车，希望搭车人能从某辆车上下来。一切都安静平和。就像没人住。我看到一座变电器上贴着几张海报。卖旧货的信息。马戏演出。乐透彩票。邻村的音乐会。我沿着道旁的房屋往前走，打发时间。两条德国牧羊犬大声吠叫，寸步不离地跟着我，直到我离开它们俩守卫的区域。一座小型体育馆的窗框漆成了红色。我欠着身子，透过玻璃往里看。这是个也可以用来开音乐会的小型场馆，镶瓷砖的墙上写着几个红色大字：俄利翁。

接着，透过两棵树之间的空隙，我看见对面山丘上有一座颀长的白塔。我以前从来没见过这样的建筑。光秃秃的圆柱体，高耸着。超乎想象地高。就像是来自异世界的火箭,掉落在几个世纪都没变过的田野和屋瓦中间。我想起了电影《2001太空漫游》的开头。我觉得它可能是一座艺术建筑,高速公路边偶尔会建这样的东西,就像"南方玫瑰窗""大西洋之门",通常是钢或混凝土结构,基本没啥看头。也可能是新型教堂,由俄利翁的信徒们建造,想尽可能离天空近些。

我发现有条路从这边通向那边。我看到有块指示牌上写着:俄利翁村。我朝那座奇特的建筑走去。它越来越近。我看清了它的表面纹理,看起来像是混凝土,刷着白色涂料,不少地方已经剥落了。我发现有一架梯子通向它的顶端。三分之二的高处有几个细长的孔洞,这是整座建筑从上到下仅有的开口。我意识到这是一座水塔。所有村庄都有水塔。但它是我所见过的最不寻常、最具魅力的水塔。

已经是五月份。天气晴朗。周边的田野又绿了,浓郁、年轻、饱满的绿。起伏波动、不断变化、柔韧灵活、一色均匀的绿。让人感到异常平静的绿。

我在水塔脚下发现一堆黑色的物体。是轮胎。不是轿车轮胎。是卡车轮胎。极其庞大。超乎寻常。在轮胎堆的正中间还有两个更大的轮胎,起重机或其他巨型机械的轮胎。它们并排躺在那里,面对着道路,平放在山坡上。我心想:这是两只眼睛。巨人俄利翁的眼睛。

我走近前,隐约看到有个人影坐在那里:是搭车人。

你一路顺利吗。我问。

还好。我到了一个小时了。末尾这段路不太容易。

不容易。

他微笑着指了指眼前的景色。

我们到了。难道这感觉不好吗。

好得很。我微笑着回答。

我明白了。你就是为了这个才让我到这里来的吧。来看一座水塔。

不是。他笑了起来。我原先根本就不知道这里有座水塔。

我们看着那座全封闭的建筑，那上面既没有窗户也没有开口。

我去找过入口了。他说道。门上的挂锁很结实。我试着砸了砸，它纹丝不动。我们等会儿再来处理这个问题。

我挨着他坐下。我们就这样待着，欣赏着景色，屁股坐在地里。

你吃过了。

没有，你呢。

他拿出一罐抹面包片的酱。我从背包里翻出一把黄油刀，开始给我们俩涂面包片，往每片面包上都抹了一厘米厚的酱。我有一次遇到个大个子德语区瑞士人，我跟他一起在路上过了一两个星期。他背着一个四十公斤重的背包，里面什么都有。螺丝刀。小吊床。电动伸缩鱼竿。金枪鱼罐头，沙丁鱼罐头，意式饺子罐头。咸饼干甜饼干。靴子。充气小艇。有一次，我们打算吃面包，但没有什么可以夹着吃的。我记得我带了能多益榛子巧克力酱。德语区瑞士人说。他在背包下层仔细地翻了起来，花了几十秒的时间摸来摸去，最后终于从里面拿出一罐一公斤装的巧克力酱，才吃了四分之一。哈，我就知道肯定是放在包里的什么地方了。他平静地说道，就好像他平时经常会从背包深处找出这类被遗忘的宝贝。

几辆车到这里。搭车人问。

五辆。

五辆。他惊叹一声。居然只搭了五辆车就跑到这么偏僻荒凉的地方来了。

他数了起来。

我搭了九辆车。一家荷兰人，开着租来的车。一个出版社销售。一个超市仓库管理员。一个流动餐车老板。一个刚去看望祖母回来的小伙。两个退休老人。一个摄影师。这总共是八辆车。最后一个我得再回忆回忆。

我跟他说了我搭的车。V城环岛的老太太。一个参加培训后从图卢兹回来的瑜伽教练。一个搬家公司的主管。两个转行养蜂的平面设计师。一个牧羊人。

只搭五辆车真是够少见的。我还为自己只搭了九辆车觉得挺骄傲呢。

当然啊，谁叫你看到有车停下就上呢。我笑着说。

这还挺能反映我俩性格的。一个深谋远虑，考虑周全，小心谨慎，追求效率。一个冒冒失失，只要有机会就不放过，连拖拉机也上，带到哪里算哪里，哪怕会因此错过本可把他带到更远的车。

可我不喜欢等啊你能怎样呢。

那现在呢。我问。

现在什么。

现在我们俩都已经在这儿了。

他深深地吸了一口新鲜的空气。

我不知道。我一丁点想法都没有。咱们先躺会，怎么样。

你总不会是让我到这里来睡觉的吧。

你敢说你没有累得半死。

这倒不假。我笑起来。

那就睡吧。

我低声抱怨他。我诅咒他。他那些该死的计划。我真想不通，过去了这么些年，我又会栽进他所谓的计划。可我又能做什么呢。我平躺下来。我把脑袋放在草地上。一开始枕着的是丛柔软的三叶草，凉爽极了。后来枕着羽绒睡袋，塞在脑袋底下权充枕头。我放松下来。我感觉不错。我想到自己已经很久没这样做了：穿着所有衣服睡在地里。我看着天上的云彩。我觉得自己根本不可能睡得着。我觉得头顶的天空实在太亮了。周围有太多的鸟在叽叽喳喳乱叫。接着，我睡着了。睡得就像世界上所有睡着的人那样,就像所有倒头就睡的人、操劳的人、累得筋疲力尽的人那样。我打起了呼噜。

我醒来已是大概两个小时之后。搭车人已经起来了,搭好了他的帐篷。他把自己的地方都安顿好了。特地把帐篷的开口对着不错的景色。

你想让我来给你搭帐篷吗。

一会儿我自己搭。

他给我指了指放在他背包旁边的保温杯。

来点咖啡。

你有咖啡,开玩笑吧。

他把咖啡倒进杯盖里。不能说它还在冒热气,毕竟他已经带着它走了太远的路。但聊胜于无。咖啡是温的。挺好喝。

以前走高速公路的时候,我每天要喝十杯咖啡。搭车人说道。可是在这些省道上你可能一整天都喝不到一杯。所以每次我经过一个酒吧,除了在那里喝上几杯,我还会让他们帮我把保温杯灌满。他们觉得这很搞笑,绝大多数时候都不收我钱。

云彩在我们头顶快速流动。我仍然平躺着。周围的草丛现在让我觉得很亲近。我的上一次草地小憩要追溯到什么时候了呢。

咱们去转一圈吧。搭车人提议道。

我花了好大力气下定决心,舒展筋骨,站起身来。

我们走上主路,沿着房子往前走。我们看见一扇窗户后面有个人影,正在窗帘后面看着我们。另一扇窗户后面露出的人向我们问好以示欢迎。在矮矮的村公所旁边，我们发现一座旧电话亭，四壁都是毛玻璃，连着金属软管的电话听筒还悬吊着，没有放好。我们来到村子的出入口，又转身往回走。天色阴暗，很美。

你觉得会下雨吗。

但愿不会。

我们在一座小纪念碑跟前停下，碑上嵌着一块大理石板。

1940年到1944年，响应戴高乐将军的号召，俄利翁，战斗法兰西的情报网，在抵抗运动中为祖国的荣誉和自由而战。

我看到搭车人久久地注视这段文字。他肯定很感动：男男女女秘密团结起来，为了自由而奋斗。一个以星座命名的组织[1]。

我们回到水塔底下，从它旁边经过，朝附近的小山坳走去。在谷底的树下，我们发现了一条银光闪闪的小河。那时大约是下午五点。气温开始下降。我看到搭车人脱掉T恤衫，又解开牛仔裤的扣子。

你要干嘛。

我要洗一洗。

这可是冰水。

他走进水里，咬紧牙关。我看到河水没过了他的脚踝。因为被石头割到了脚，他的身影变成了弯折的弧形。他弯下腰，开始用手心捧起水，往自己的脖子上浇。他整个人坐进水里，大口喘

---

[1] 俄利翁（Orion）是希腊神话中的巨人。死后化为星座，即通常所说的猎户座。

气对抗寒冷。光屁股的嬉皮士青年泡在河里。我想起了自己始终不能从中找到美感的那些画面。近乎苍白的皮肤，粗俗，不雅，所有那些泡在水里的身体。

我也学着他的样子。我脱掉衣服，走进水里。我弯下腰，看见许多昆虫，龙虱，潜水蟑。就连我的腿毛看起来也很奇怪。每根毛都像一根奇怪的韭葱，从皮肤上那个小包似的凸起上生长出来，浸在一片冰冷的白光里。我心想，我的皮肤说到底和鸡皮也差不了多少。

我觉得自己好像已经离家很久。

昨天。我的内心深处有个声音这样说道，像是在纠正我的感受。

昨天你还跟玛丽和亚古斯丁在一起。

我看着河水上方的树木。放在河边石头上的裤子。临河的岩石。水流。在阳光中闪烁的水流。河水推着我的双腿，我的全身。

昨天。我再次想道。就在不到二十四小时之前你还待在自己家里。

40

我们从河里上来,换了衣服。我们把三角裤挂在树枝上晾干。我支起了自己的帐篷。搭车人对着一小块镜子重新整理了头发。

接着,出现了一道人影。一个跟我们年纪相仿的女人背着帆布包,走到近处的玻璃制品回收桶前面。我们听见玻璃瓶一个接一个扔进桶里碎裂的声音。然后,她来到了我们跟前。

我们能在这儿搭帐篷吧,我们没打扰到什么人吧。我问。

她微笑着摇了摇头。

你们在库斯塔尔先生的地上。要是他看见你们,早就来找你们的不痛快了。算你们运气好,他平时都不在。他的农场在索弗泰尔。他只在夏天到这片草场来放奶牛。话说回来,我猜你们应该也没打算要待到六月份吧。

完全没有。搭车人大笑起来。

我看到你们俩来了。我住在那边。

她指了指距离很近的一座房子,它的窗户朝着我们的方向。

两个陌生人没打招呼就突然来了,躺在草地上,还开始在水塔底下搭帐篷。不用我说你们也知道这有多么引人注意吧。

我们也没打算藏着掖着、偷偷摸摸的呀。搭车人说。

我看出来了。

反正我们只待一晚。明天早上您就又清静了。

好吧。女人一边说，一边准备离开。你们要是需要什么，请尽管说。我住得这么近。要是你们想喝咖啡，或者其他热的东西。

一定一定。我感激地说道。

我们看着那道身影消失在房子里。房门重新关上。楼梯上突然露出一个孩子的脸。我搭起了自己的帐篷。天光现在变得更暗了，夜晚正在降临。

马上就要变冷了。咱们得注意点儿。天一黑下来咱们肯定会冻得够呛。

你有什么能吃的东西吗。他问道。那罐酱已经被咱们吃光啦。

肉酱。我回答。还有一点肉酱和面包。应该还有两三样别的小玩意。

我把自己所有的吃食都拿了出来。肉酱。三个苹果。一小块干酪。一截长棍面包。

感谢上帝，真是太棒了。

我们一直走到轮胎堆那里，坐在柔软的橡胶上，晒着太阳。搭车人打开已经吃完大半的肉酱瓶子。

我还以为咱们来的村子里有酒吧，有披萨店，诸如此类的地方。我居然没有事先确认一下。

我们在俄利翁。我幸灾乐祸地回答道。巨人之地俄利翁。

肉酱的味道很重，放在打开又关上的瓶子里一整天以后，那味道就更刺鼻了。瓶子边缘结了不少肉冻。我用一块面包刮净了瓶子。狼吞虎咽地把所有能吃的东西都吃了。我还是饿。巨饿，昏天黑地的饿。半瓶肉酱两个人分，在这样的冷天，根本连开胃小菜都算不上。面包就像橡皮筋似的。超市里的面包。牙齿嚼起来就像在嚼硬纸壳。面团里细小的孔隙混着空气，吃进嘴里迅速变成一个个黏糊糊的小球，全都沾在牙齿上。直到最后才吃出一点味道。不算太晚。总归聊胜于无。

对面那座房子的门又开了。女人再次出现，朝我们走了过来。

我刚把剩下的炖肉热了热，不知你们是否想尝尝。

炖肉。搭车人说道。我们怎么可能拒绝呢。

你们需要我给你们拿到这儿来吗。女人问道。或者你们想到屋里去吃。

我看着搭车人。

屋里肯定更暖和。

那就来屋里吧，来吧。

我们真的不会打扰到您吗。

是我跟你们提议的呀。

我们三人一起走到小房子门口。透过窗户我们看见火上放着炖肉。

外套搁这儿。她说道。

我们脱了鞋。我感觉踩上了木地板,听见木头发出轻微的咯吱声。浅色的、便宜的、最普通的松木地板。突然之间,我们被温暖包围了。并不是某个火堆或火盆带来的局部温暖。而是一种充满整个空间的、包裹全身的温暖,让人感觉走进了另一个世界,一个舒适的、可以提供保护的世界。一个无法想象在允许进入后还会把人赶回原来那个严酷冰冷之地的世界。

客厅里传来动画片的声音。曾经在窗户里看到过的小女孩出现在走廊上。她一直跑到搭车人跟前才停下,抬起小脸看着我们。

妈妈,他们是谁呀。

是来家里吃饭的朋友。你问问他们都叫什么。

搭车人说了他的名字。我也说了我的:萨沙。

你叫什么名字呀。搭车人问。

莱拉。小女孩回答。

好香。搭车人突然大声说。妈妈咪呀,真是好香。

他朝厨房走去。

我叫苏雅德。女主人说道。欢迎来我们家。

我们看着她的小客厅,开放式厨房,靠着吧台的餐桌。

您在这儿住了很久了吗。搭车人问道。

在俄利翁二十五年。苏雅德回答。在这座房子里四年。

她关了火,把炖肉从灶上拿了下来。

好了,大家准备开饭吧。

她提高声音,呼叫已经跑回自己房间的莱拉。

莱拉，宝贝儿，开饭啦。

她抬了抬下巴，向我们示意洗碗槽的位置。

要是你们想洗洗手，那儿有肥皂。

她说话时的神情好像无所谓，但语调是不容置疑的。习惯了说一不二。搭车人和我一起走到洗碗槽边，像两个犯了错误被当场逮住的男孩那样，有点狼狈地洗净了我们的脏手。小女孩再次从房间里出来，跟我们一起坐在饭桌旁。

进来真好。我说道。谢谢您。

餐具在成套的台布上闪闪发亮。我拿起一把叉子掂了掂，我很喜欢它的重量。有重量的真正的餐具，摆在准备开饭的餐桌上。

把你们的盘子递给我。苏雅德说。

我往嘴里送了一勺炖肉。肉炖得入口即溶，汤汁滚烫。我感到肉汁充溢着口腔，包裹着味蕾。我等了一会儿才又吃了第二勺。首先要等第一勺炖肉的美妙滋味完全散布在整个口腔里。要等待那美味填满我的嘴巴。

我放的橙子还够吧。苏雅德问道。

搭车人没有回答。他已经把他那盘炖肉吞下了三分之二。

苏雅德和莱拉都笑了起来。

啊，这样真好。我看到你们俩刚才在外面啃硬面包，那让我很难受。

我们也吃得很难受。

你们没有吃的吗。莱拉问道。

我们有肉酱。我安慰她。肉酱也挺好的。

是挺好，可是见鬼，也太凉了吧。搭车人一边笑一边说道。五月份吃肉酱而且天都黑了太可怕了实在太凉了。

我透过窗户看着外面的黑夜。天空漆黑。草地漆黑。我想着帐篷就在那里，在一片寒冷之中。我想着我们还得再回去。打开缀满水珠的尼龙门。钻进冰冷的帐篷里。

我的羽绒睡袋。我突然想了起来。我有没有好好地把羽绒睡袋放在背包上，不让它接触地面呢。等我回去的时候，会不会发现它靠着湿乎乎的尼龙帐篷也湿透了呢。

你们是因为同名的抵抗组织才来俄利翁的吗。苏雅德问。

我们根本没听说过这个组织。搭车人回答。是读了那块石板上的字才知道的。

那感情好，说明那块板子有用。当初安放它的时候吵翻了天。这是个很重要的组织，发挥过真正的作用。它是亨利·达斯蒂埃·德·拉维杰里建立的。可能你们听说过这个人。他一开始是保皇党，差不多是个极右分子，后来成了光复英雄。他最有名的事迹就是几乎单凭一己之力拿下了阿尔及尔，盟军才能使用那里的港口。

您是个历史学家。

不，我是村长助理。已经十五年了。我平时在艳阳镇的玻璃厂工作。

那您是玻璃制造师了。有这样的说法吧?

苏雅德微笑起来。

肯定有这样的说法。只不过我既不会制作玻璃器皿，也不会吹玻璃。很抱歉让你们失望了。我是销售主管。

您致力于让艳阳镇的玻璃在全法国绽放光彩。

全法国，还有国外。幸亏还有国外市场，要不然我们恐怕很难维持下去。

我们是因为这里的地名才来的。搭车人说道。俄利翁。

你们是喜欢星星的天文爱好者咯。

我们喜欢的是拥有美丽名字的村镇。我们在地图上看到了俄利翁，立刻就对自己说：这是个一定要去的地方。

你们说得对。这里的地名是很好听。平时叫得习惯了反而意识不到了。

她沉默了一会儿。

那俄利翁让你们想起什么呢。

那个巨人。搭车人回答说。被剜去双眼的猎人俄利翁。

我都已经忘了。苏雅德说。我不记得有这个巨人。

我也不是很清楚他的故事。但萨沙肯定都记得。搭车人一边说一边转向我，就好像看着一本百科全书。萨沙什么都知道。

他露出微笑，我不喜欢他那副腔调。我故意等了一会儿才回答。我想让苏雅德看到我才不对他俯首帖耳。尤其是当我还没咽下最后一口炖肉的时候。

起初俄利翁确实是个猎人。等了好几秒钟以后，我开口说道。

他想要迎娶某个君主的女儿，但这个君主并不同意。不过他并没有直接拒绝俄利翁，而是向他提出了一项挑战。除非俄利翁能成功斩杀所有袭击岛上牲畜的猛兽，否则就配不上他的女儿。算他倒霉，俄利翁完成了挑战。于是他违背了自己的诺言。他让手下人把俄利翁抓了起来，又命令他们剜掉了俄利翁的双眼。等到俄利翁清醒过来，他已经被扔在了海边。他听到了距离自己非常近的海浪声。他寻找大海，四下乱转，却什么也看不见。他终于明白自己成了瞎子。他只能看见远处有一丁点光亮。在非常远的地方，就在海面上。那是太阳。于是他朝那个方向走过去，一直往前走，走向那一点光亮。他走进了海水，在大海里奋勇前进。他迈着巨人的步伐，在波浪之间走了很久很久。我不记得后来发生了什么，但我很确定他惹怒了某个神。或者是某位女神。神要惩罚他，就派下一只巨蝎来蜇他。

蝎子杀了他。莱拉问道。他这下真的死了。

蝎子可不是闹着玩的。我看着她说。他当然死了。但是，就连那位女神也很难过。于是，为了不让人们忘记他，她就把俄利翁变成了星座。

意思是说他升上天了吗。

意思是说他成了夜空里很高很高的一团星星。那团星星现在就以他的名字命名。

莱拉看着我，像是想要知道我有没有开玩笑。

这故事是真的吗。

当然是真的啦。她的妈妈笑着说。

那你们能在天上找到他吗。

我知道他看起来是什么样子的。一边是他的两条胳膊,另一边是他的两条腿,中间还有三颗星星,是他的腰带。可要说怎么找到他。

莱拉从桌边站了起来。

咱们出去找他吧。

她飞快地跑向房门,我们跟着她来到外面。我们四个人全都站在夜色里,抬头看着天空。乌云密布,天色阴沉,黑得就像煤炭一样。只有零星几点微弱的星光。

幸亏是阴天。我笑着说。我们算是有了一个顶好的借口。

我们找到了北极星,大熊星座,小熊星座。北斗七星就像天空深处的一串闪亮光点。后来莱拉说她冷了。搭车人跟她回屋了。我又跟苏雅德在外面待了半分钟,肩并肩地站在夜色里。她指了指我们的帐篷,它们在田野深处难以辨识。

居然会有人疯到在那底下过夜。

我感到她就贴在我身边。

这座水塔是怎么回事。我指着那座在黑夜里仍然清晰可辨的塔楼问道。像一座观测台。或者一个图腾。他们为什么不把它建得跟其他所有水塔一样呢,窄窄的底座,上面是个大罐子。

他们就按照自己想到的样子随便建了。

从来没人想过要把它拍进电影里吗。

因为某样东西只要漂亮就必须要拍进电影里吗。

你说得对。我的想法太蠢了。

我们又在夜空里寻找了一小会儿。

我们回去了。

妈妈，我能把动画片看完吗。莱拉问道。

不行，宝贝儿，你得去睡觉了。

已经该睡觉了吗。

快去刷牙，明天还要上学。

小姑娘往卫生间走去，她妈妈跟在后面。

我们听见她们俩在洗脸池前继续说话。

那两个朋友要睡在哪儿呢。他们真的要睡在外面吗。妈妈，我跟你说话呢。他们真的要睡在外面吗。

亲爱的宝贝儿，他们已经习惯了。

他们不会觉得冷吗。

不会的。他们有帐篷。他们已经习惯了。

他们为什么不能睡在客房里呢。既然他们是朋友为什么不能睡在客房里呢。

好了，莱拉，快刷牙。苏雅德笑着说。

水龙头打开了，莱拉把牙膏沫吐在洗脸池里，漱口，一次，两次。她们俩走出卫生间，一直走到走廊尽头的房间里。苏雅德消失在女儿房间的门后。过了几分钟，她又出现了，关掉了身后的灯。

她看见餐盘已被清理，杯子空了。

我给你们弄点喝的吧。要泡花草茶吗。还是来杯朗姆酒。

花草茶很好。搭车人说道。来杯马鞭草茶，然后我们就回去了。

苏雅德开始烧水。她沉默了片刻，就像是在犹豫着什么。

我没留你们在家过夜，你们不会因此不高兴吧。

热水壶发出咔嗒一响。她把水壶从底座上拿起来，将开水浇在日式小茶杯里放着的茶包上。

这个村子实在太小了。我试着不去太在意别人怎么想。但是没办法，要是他们看见我让两个陌生的过路人留宿，很快就会有流言蜚语的。

搭车人和我都微笑起来。

这顿临时安排的晚饭已经会引来流言蜚语了，不是吗？

苏雅德指了指窗户。

没错。但这是所有人都能看见的。所有人都知道我们在喝花草茶。

我只有一个请求。搭车人说道。刚才听见卫生间里的水声，让我有了个想法。

您想冲个淋浴吗。

只想刮一下胡子。用热水刮胡子。我已经很久都没这样做了。我去找我的剃须刀，很快就回来。

他出了门，现在只剩下我和苏雅德两个人了。

能来这里真是太好了。我对苏雅德说道。今晚真是太感谢了。

我也不知道自己怎么会让你们过来。我不常做这样的事。

我也是。我说道。

什么。

睡在帐篷里。吃一顿意料之外的炖肉。他跟我不一样。我一边说,一边指了指帐篷和搭车人的方向。他总是在路上。我已经很多年没有上路了。

搭车人回来了,手里拿着洗漱包和毛巾。我们听到他在卫生间里刮胡子。刮掉剃须泡沫的嗞嗞声。刀片和皮肤接触的摩擦声。每次用热水涮过剃须刀后在洗脸池壁上的轻轻敲打声。我们看到一股股水蒸气从卫生间里飘出来。他出来的时候变了样:他的脸更年轻了。他的脸颊干净、光滑、漂亮,闻起来香喷喷的。他的嘴唇一下子看得更清楚了。稚拙里有股子帅气。

你真的不想也享受一下。

我犹豫不决地看着苏雅德。

如果可以的话,我想洗个澡。就很快地冲一下,然后我们就不打扰你了。

苏雅德笑了起来。

快去吧,我们等你。搭车人说道。

我冲了淋浴。我让热水久久地在身上流过,一道道水流从头顶流到脚底,沿着每条皮肤纹路流下去,包裹着我,温暖着我。快洗完的时候,有人敲了敲门。

萨沙。苏雅德的声音。

我走出淋浴间,将门开了一条缝。苏雅德伸长胳膊,递给我一条毛巾。我谢了谢她,快速穿好衣服。当我出来的时候,搭车人已经穿上外套站在门口了。

你们可以吗。苏雅德问道。你们不会太冷吧。

五月的俄利翁,我们还碰到过更冷的时候呢。搭车人回答。

那么晚安。

她在我们每人脸上轻轻亲了一下。

我们离开了她家。

她对我们说再见的时候,我发现她看了我一会儿。

她很漂亮。我说。

她人真好。搭车人说。而且她特别喜欢你。

炖肉真好吃。

享受了那么多温暖,外头也挺舒服的。

搭车人说的对。

现在,寒意没那么刺骨了。天上的乌云散了。我们有微醺的感觉。

瞧,它们出来了,那些星星。

我们头顶上到处都是星星。成千上万。我们面前矗立着巨大的、漆黑的水塔。它的脚下是轮胎堆。我们的帐篷就搭在旁边。

该死,还是能冻掉一层皮。搭车人开口说道。咱们进帐篷去吧,快点。

我钻进了我的尼龙冰屋,发现我的羽绒睡袋冷冰冰的,但很干燥。我一件衣服也没脱就钻进睡袋,浑身发抖,冻得僵硬。

萨沙。搭车人说道。这样不挺好吗。

一点不好,我快要冻死了。我笑着回答他。

他不停地重复着这样不挺好吗。该死的,不挺好吗。

这样是挺好的。我让步了。

然后,他应该是睡着了,或者是我睡着了。到底谁先谁后,我也不知道。

41

醒来的时候,我想看一眼几点。我发现手机没电了。天已经亮了。我伸展四肢,踢到了睡袋的底端。那里整晚都贴靠在帐篷上,现在已经潮乎乎的了。我收起双腿,身体蜷成一团,看着周围被蓝色尼龙帐篷映蓝的东西。我的鞋子。袜子。外套。背包。一本书。在我睡觉的时候,这些东西全都从黑暗当中重新显形了。

我竖起耳朵,揣摸着搭车人帐篷里的动静。我在睡袋里稍微动了动,打开了背包的拉链。我想知道拉链的声音能不能让他有所反应。让他决定开口说话,或者向我发出他已经醒来的信号。

我又等了十分钟。我完全不知道几点。我想看看苏雅德家那边怎么样了。我打开睡袋,拉开缀满水珠的帐篷门。我探头到寒冷的帐篷外面。我没有看到搭车人的帐篷。我觉得自己看的地方不对。我伸长脖子去看另一边。我看到在他昨晚搭帐篷的地方,地上的草微微倒伏着。

我感到自己的心脏剧烈跳动。我站起来,穿上鞋。我往四周看去,仔细观察周围的街道、树木和悄无声息的房屋。那座水塔同样悄无声息地矗立在我面前,重新变成了浅灰色,在朝阳中高大得不可思议。

我一直走到苏雅德家。我发现汽车不在了。苏雅德和莱拉已经走了。我在寂静无声的房子间走过，沿着主路往前走，一直走到尽头，又转身返回。我从远处看着自己的帐篷立在水塔脚下。搭这顶帐篷的家伙有点奇怪，有点疯狂，他居然跑到一座水塔脚下，紧挨着一堆轮胎睡了一晚上。

我又等了一会儿，想看看搭车人还会不会再出现。我走到自己那顶蓝色尼龙的小房子门口。我凝视着群山温柔的曲线。田野里柔嫩的绿意。枝头的萌芽。我听见远处传来一辆拖拉机的轰鸣。

我回想了一下昨晚的事。想起我们泡在河里。想起搭车人两天前来找我时露出的微笑。我又想起了过去一段时间我们共度的所有时刻。想起我再看到他时不曾预料到的欣喜。我又想起了自己曾经说过的话：我想让你离开我的生活。想起我们之间的敌意，它突然被抽空，变得毫无意义，仿佛已是很久之前的事，以至于不值一提。我希望他能重新出现。我大声喊着他的名字。我等了会儿。我收起自己的帐篷，整理背包，在一个公共饮水喷泉灌满我的水瓶。我回去了。

42

我回到了玛丽那里。我跟她讲了当我睡醒时已经消失的那顶帐篷。

她停止工作,透过窗户久久地看着花园,一开始什么也没说。

然后,她关上电脑,下楼来到我的面前。

抱我吧。请你紧紧地抱着我,萨沙。

过来。我说。我径直走进客厅。我躺在堆满靠垫的小床上,躺在书和唱片中间。我紧贴着墙,给她留出位置。她的整个身体都紧紧地贴着我。我们笑自己只差几毫米就要掉下去。就像两个少年挤在儿童床上一样动弹不得。

这样挺好的。她说。

没错。

我看出她在犹豫。

他跟你说什么了吗。过了一会儿,她问道。离开之前他有没有说过什么。

他跟你说的一模一样。就是你刚才说过的那句话:这样挺好的。那时候我们刚钻进帐篷,我们很开心,我们之前度过了一个美好的晚上。

然后他就在夜里走了。

我点了点头。她抱紧了我。

你会来跟我们一起生活吗。她问道。

因为我这几个月都没有跟你们一起生活。

她摇摇头，她微笑着，眼睛红了。

不是，你来跟我们真正地生活在一起。

她说话的语气是不容争辩的。急迫的，确定的，故意用来逗我高兴，这让我心头一热。

我回答说好的。

回答前我沉默了一会儿，就像是我想先等待片刻，以确保她不会反悔，我内心的狂喜也不会突然被彻底浇灭。

好的，我来。

43

我把公寓退了租。我把自己的几件行李搬到了玛丽和亚古斯丁的家里。

到了以后,我把行李放进搭车人的工作间。我把墙上钉着的海报和照片摘了下来,换成了置物架,放上了书。并没有很多书,但都是我喜欢随手就能拿到的书。

我拿出已经扔在一边好几个月的那二十几幅画。它们并不像我记忆中的那样差劲。我抓起手机,输入一位开画廊的朋友的号码,跟他约了个时间。我把画笔在最后一罐橙黄色颜料里蘸了蘸。我在一张A5大小的邀请卡上写下了将来这次展览的主题:商船上的哀愁。这几个写在邀请卡上的字让我很满意。

玛丽翻译的那本罗多利的小说交稿了。我看到了《蒸汽》的结尾。父子之间的争执。游戏结束。美梦破灭,忽然发现生活绝不只是轻松和恩赐,也无法回避严肃、愤怒、仇恨。

我更爱玛丽了,爱她让我读到这些。

接下来那个假期,我们找了几天,把亚古斯丁送到玛丽母亲那里,然后一起去罗马拜访了罗多利。我们跟他在马基雅维利街的一家小海鲜馆吃了午饭，外面突然下了一阵冰冷的暴雨。雨停后，我独自去散步，留他们继续聊工作的事情。我走在淋湿的街道上，走进一座大公园，园里的小路已被踩得破烂不堪，长椅也被不少人占了。那些人身穿破旧的运动服，脸色阴沉，拉下兜帽来尝试睡上一觉。我坐到一家咖啡馆的露天座上，从那儿能隐约看到斗兽场的拱门。我待在那里，看见一只鸥鸟正在湿漉漉的草地上耍弄一大根骨头，费劲地想把它抓起来。不一会儿，一只星鸦加入进来。它们继续在骨头上啄来啄去，不停地争抢，鸥鸟更重，星鸦动作更灵活，更有活力。太阳重新出现在松柏上方。一个高个子塞内加尔人哼着小曲，给我端来第二杯意式特浓咖啡，长长的胳膊举着小托盘，边走边摇，就像是在打拍子。阳光变得更暖和了。露天座上坐满了来晒太阳的无所事事的人。一个父亲模样的人拿着一盒薯片。一个秃头的家伙身穿青绿色运动服，一脸悠然自得，手里把玩着扶手椅上的装饰结。

回程时我们要在马赛转车。

不如我们看到一家旅馆就住下。不如我们就在这儿住上一两晚。

天气适宜，那是六月，早上的时候小海湾里的水很凉，但身体很快就适应了。从下往上看，峭壁上那些别墅的门面在天光中微微颤动，城市是白色的，岩石闪亮。

我们在那里过了两夜，像热恋情人一样，藏踪匿迹。第一天早上我们去马尔姆斯克海滩游泳。第二天早上去了埃斯塔克海滩。那天，我跟在玛丽身边游了十五分钟，然后我觉得冷，我跟她说我往回游了。她送给我一个飞吻，继续游。我看着她游向广阔的外海，径直朝远方游去，几乎消失不见，直到成为茫茫大海中一个针尖大的黑点，最后找不到了。我爬上岩石，从高处往下看。我找到了她，仍然在一片蔚蓝中遨游着。我从岩石上看到她慢慢地回游，在沙滩上找我，因为看不到我的身影而焦急不已，终于发现我站在高处，于是以自由泳的姿势，冲刺般地游向岸边，完全不像已经在十五摄氏度的海水里游了整整一个小时。

这天早上，我们在旧港附近意外地遇到了让娜。陪着她的是法布里斯，一个卡马尔格自然公园的鸟类学家。玛丽跟我说过，她跟这位法布里斯曾经有过一段过去。

你们在这儿啊。让娜说。

玛丽笑了起来。

你们也在这儿啊。

我们四个人一起去喝了一杯酒。

亚古斯丁呢。让娜问道。

他在我妈那儿。玛丽回答。我们今晚去接他。我们应该给他带点儿什么回去。

你们想好买什么了吗。

玛丽摇了摇头。

望远镜。法布里斯说。

望远镜啊，听起来不错。可是为什么要买望远镜呢。

望远镜一辈子都用得上。

望远镜可比我原来的预算贵多了。

望远镜一直都能用。而且很好看。我刚才还在一家商店里看到了呢。

你们觉得呢。

让娜和我耸了耸肩,回答说是呀,望远镜很好看。

玛丽和法布里斯站起来去买望远镜。

我跟让娜留在原地。她犹豫着。我们周围有不少声音,酒杯玎琮,桌上的餐具相互碰撞。

看到玛丽这么幸福,真好。

她说话的声音非常低,语气平静,但刚好能让我听清楚。我感到了她说的话给我带来的愉悦。感到自己不由自主微笑起来。

你觉得她现在很幸福吗。

我这样问的目的只是想听她再重复一遍而已。

我了解她。她很幸福。

让娜肯定看到了我在微笑。我努力想收敛一点,尽可能地重续话题。

那我呢,看到我很幸福你就不在乎吗。

完全不在乎。她大笑起来。

她拿起自己的杯子,喝了一口酒。

对你来说很容易啊你从一开始就爱她。

44

我重新开始旅行，跟玛丽和亚古斯丁一起。几乎总是自己开车，几乎总是没有确定的目的地。一直往西，或者一直往南，或者一直往北。我找回了在路上的乐趣。每当经过的村镇有个让我们惊奇的名字，我们就会去逛上一圈。我们会拍摄那里的教堂，村庄出入口的指示牌，一两处有趣的店招。

搭车人消失以后的那个夏天，我们三个一起坐上车，一直开到了朗德省。我们爬到高高的皮拉沙丘上，跟亚古斯丁一起沿着沙坡跑下来，三个人一起在金黄的沙地上玩了很久，时而冲向波浪，时而奔跑在滚烫的海滩上。

我们三个相处得十分愉快。每一天都很快乐，有时候也会觉得累，会有争吵。但总体而言，我们一切都好。

有些时候，我会问自己，那次去俄利翁的旅行是否只是我的一场梦。那天夜里，在水塔脚下，在我的帐篷旁边，是否真的存在过第二顶帐篷。

有时候，我觉得他就在街上。他在某辆反方向驶来的汽车的挡风玻璃后面。车子飞驰而过，我来不及看清他。有时候，我确定他会出现在对面的人行道上，或是在我即将转弯的街角处。一切都悬而未决。我觉得他好像就在那里，他从未离去。他好像一直都待在那里，近在咫尺，始终不远。

有些早上，门铃响起，我会吓一跳。太阳穴的血管突突直跳。我去开门，准备着看到他就站在我面前。并不是他。是一位朋友。或是来得比平常晚的女邮递员。有一次，有人在半夜按了门铃。我确信是他。我如此确定，我觉得自己内心深处已经接受了这个事实。我承认了，顺从了，允许了他的到来。就好像我始终知道他有朝一日会回来。就好像即便我跟玛丽和亚古斯丁的新生活如此幸福，有个内在的声音还是让我从最开始就准备迎接这一时刻。

我做出一副热烈欢迎的表情开了门，自从他消失那天开始我就准备好的重逢表情。门外站着的是邻居，因为有急事要办，担心自己整夜都回不来，所以想问我们能不能帮忙照顾他还在熟睡的儿子。

直到现在，我还是会问自己，如果搭车人回来了，一切将会怎样。

我听着莱奥纳德·科恩的《熟悉的蓝雨衣》，上百次，或许上千次。这是科恩最忧伤、最优美的歌曲，整首歌是一封信，写在十二月末的深夜，写给一位曾经的朋友。纽约时间凌晨四点，周围的城市在沉睡，科恩询问那位旧友的近况。想知道他最近怎样。他对他说，他又想起了那天夜里，珍妮和他差点就一起离去。他称他为自己的刽子手,自己的兄弟。他对他说,他原谅他。他感谢他,因为珍妮和他曾经经历的一切。然后,他向他这样表白,我觉得没有几首长诗能媲美其中的美感,恰切,对世事无常的认知:我为你曾经与我同行感到幸福。这是旅行者会说的话。习惯了道路、十字路和相遇的人会说的话。真正热爱生活、对生活预留的惊喜心存感激的人会说的话。

我听着科恩的歌,心里想着搭车人。我想知道他在哪里,他是不是孤单一人,他是不是幸福。

如果他回来,我发誓我也会保持风度。正如在科恩的歌里,有平静的吉他,朴素的词句。有些传记作家认为身穿熟悉的蓝雨衣的那位朋友是真实存在的,说他曾经与珍妮有过一段过去。另一些则认为他只是科恩的分身,是他年轻时的形象,是他在路上经年流浪的缩影。歌者从头到尾都在对自己说话。他已经不再是那个男人,再看着他时他的心里混合了柔情与轻蔑。这些人觉得穿蓝雨衣的男人与科恩从来都只是一体两面罢了。

45

两星期以前,我收到了这封电子邮件,来自一个未知的寄件地址。

亲爱的各位朋友,我希望你们度过了一个美好的夏天。过去这些年间,你们都曾经至少一次允许我上车。我们曾经共同度过一段时间,有时候只有几分钟,有时候是几个小时,那些曾经跟我共度好几天的人,我们已经成了朋友。我把你们的照片都放在一个抽屉里。在那里你们已经习惯了待在一起。对我来说,你们就像是第二个家,是由所有曾在某一天帮助过我的司机组成的家。你们住在全国各地,洛林,普罗旺斯,布列塔尼,朗德,巴黎大区,奥弗涅。我一直有个梦想:让你们彼此相见。我找到一个聚会的绝好地点:阿里埃日省的"同道村"。我提议你们大家这周末都到这个小村子里来。到时候会是个好天气。带好你们的帐篷、睡袋、毛衣,下雨的话带上雨衣。怎样来都行。搭车,卡车,露营车,家用多功能车,长途货车,敞篷车,助动车,步行,自行车……带好吃喝。到底结果如何,让我们拭目以待,怎么样?

我立刻点击了"回复发信人"标签，飞快地打了几行字，就像是每一秒钟都很重要，就好像我已经感觉到这微妙的联系很快就会断裂。我问搭车人他在哪里，他过得怎么样，我要打什么电话号码才能联系到他。我对他说我们都很想他。

我的邮件被退了回来，捎带着一条报错信息。

我重新读了一遍他的邮件，又重新看向他的邀请信发出的地址：weekendacamarade@ no-log.org。我点击群发地址窗口，复制粘贴，想看看有多少收信人。我看到了数百个名字。

萨沙。就在这时，玛丽在楼上的书房里叫我。

你也收到他的邮件了吗。

没法回复。发件地址已经不能用了。

我知道。

星期六，天还没亮，我们三个人就上了车。

当我们经过纳博讷时，太阳升了起来。

我们看到初升的阳光照在勒卡特湖上。我们几乎睁不开眼，只能眯起眼睛，免得被映在整片水面上的朝阳晃得头晕眼花。我又想起了一年前，在抵达俄利翁的时候我也曾经有过这样的想法：多亏了他，我才会在这里。我们三人之所以能在清晨的车里欣赏如此壮丽的日出，都是因为他促使我们来到了这里。

我们过了卡尔卡松，在布拉姆下了高速，径直开向比利牛斯山。亚古斯丁在后座上睡着了。田野里的玉米已经长高，我们能想象蓬乱的玉米须底下隐藏的金黄颗粒。现在是八月，清晨的太阳已经烤人，喷灌设备在田野上不停地旋转着，筋疲力尽地持续了几个星期。

我们开上一条非常窄的省道。重新被凉爽的树荫笼罩，闻到了林下腐殖土的气味，享受着栗子树和高大的柔毛栎提供的阴凉。经过避难庄后，道路变得更加狭窄，我们再也没经过任何村子，遇到的全部生物只有仿佛被遗忘在大自然里的几头奶牛。

在一个十字路口，我们终于看到一块指示牌上写着：同道村，1公里。村子出现在眼前，坐落在正对面的圆山顶上。最多只有几座瓦片屋顶的房子，围绕在将将高过树顶的钟楼周围。我们进入栗子树和胡桃树的树荫之中，看到前面的道路还要更窄，枝叶形成的拱顶低垂下来，就像是最后一道等待攻克的屏障。那并不是童话中的荆棘丛林，只是普通的叶绿素、叶片和树液。

我们没办法直接开到圆山顶上。我们很快发现路边停着一辆车，挂着83省的车牌。紧接着前面又有一辆，20省车牌。接下来又有几十辆，来自不同的省份：伊勒-维莱讷省、埃松省、上塞纳省、汝拉省、北部省、阿尔代什省、加尔省、萨尔特省……各种车型、各种车龄的汽车全都停放在路边，形成了一条连续不断的车辆长龙。洛泽尔省的大众厢式货车。多姆山省的雷诺露营车。来自大西洋岸卢瓦尔省的一家人开了一部商旅车。我们停好车，亚古斯丁跳下车，刚好碰上另外两个男孩，他们也刚从来自滨海阿尔卑斯省的露营车里下来。

山顶上已经有一百多人，他们互相打量，互相问候。各种年龄，各种阶层，各种衣着。男人。女人。孩子。显而易见的富人。显而易见的穷人。我们看出有些人已经到了有一会儿了，他们一身夏装，薄T恤，凉拖，手里拿着酒杯或者罐装啤酒。另一些人正相反，显然刚刚下车，像我们一样拿着满手的东西，袋子里装着卧具、沙拉碗、水瓶、制冰器。他们不太好意思地走向看起来最老练的那些人，打个招呼，想知道装在大提包里的食物要放到哪里。草地上已经铺着不少野餐垫。火堆预示着会有烤肉和烤鱼。这个村子实在太小了。一条路。最多十几座房子，有些已经废弃。我们只在其中一两座房子的门口看到了刚浇过水的花，拆开包装的儿童玩具，停放的自行车，晾晒的衣服。

我看向玛丽。她跟我一样。昏头昏脑。飘飘然的。我用目光四下寻找亚古斯丁。我找到了他，他跟刚才遇到的那两个男孩躲在角落里，用力砸着一棵梧叶桑底下的卵石。他们三个合力把一块巨大的石头搬起来，又让它再次落下，好把那些小石头碾得粉碎。大石头每次落下来的时候离他们的脚趾头只有几厘米，三个男孩却笑得停不下来。

我走到充当逝者纪念碑的那块简陋的铭牌前面。我看到上面写着六个名字。谨以此纪念：安德烈·绍伯，阿尔贝托·法哈多，让·杰洛，让-马利·格罗，莫伊斯·西格勒，罗杰·戴维南，为法兰西而死。住在这座小村子里的居民恐怕从来都没超过二十个，却有六个人为国捐躯。这是可以载入史册的牺牲比例。

我继续站在原地，看着周围的面孔。我高兴地在每个人脸上看到同样的神情,隐约的喜出望外,模糊的惊讶不已。他们的喜悦和惊讶都是因为身在这里,只是因为来了这里,出于相同的一时头脑发热就到了这里。他们脸上也有着同样的怀疑,不敢相信自己这样做了,因为曾经在路上载过的某个年轻人随便的一句话就真的答应了这样的邀请。完全放弃了周末,跋涉数百公里,只为了一个结果:让自己可以接触这一切。

我觉得自己差不多认识所有人。我曾经在搭车人拍的这张或那张拍立得上至少见过他们每个人一次。

正在这时,一个三十来岁的年轻女人过来跟玛丽握手。

您好,我是茱莉。我和我的伴侣尼古拉住在这里。

她的声音充满活力,非常热情。

我们没想到会有这么多人,但这样很好。有人跟我们说过你们为什么来。欢迎你们。我们只是试着做了些最基本的准备。

我们跟着她穿过村子,经过几座已经半塌的谷仓,两三辆只剩下车架的拖拉机。我们来到建在村子上方的小墓地。我们继续往上走,一直走到一片草坪。这里的草又厚又软,舒服极了。草坪上已经搭起了五十几顶帐篷。亚古斯丁拿出我们的帐篷,只用了几分钟就帮我和玛丽把它竖了起来。我们用力把小木桩凿进松软的泥土,拉直帐篷的系绳,尽量不让尼龙的四壁沾上任何潮气。

爸爸他会来吗。亚古斯丁问道。

玛丽想摸摸他的头发再回答。他躲开了。再也没问什么。自己开心地冲下山坡,去找新朋友们玩了。

往下走的时候，我们遇到了一对有点上年纪的夫妻。我远远就认出了他们：乔西亚娜和罗贝尔。一年前，他们俩的露营车曾经出人意料地停在了我们在 V 城的家门口。

我们就想着你们一定会来。乔西亚娜一边和我们行贴面礼一边说道。亚古斯丁呢。

我指了指下面那块平坦的空地。

他遇到了几个小伙伴。

我们重新布置了卡车，加了些新玩意，罗贝尔笑着说，他肯定会喜欢的。

周末过得很快。实在太快。搭车人没有来。一开始，像所有人一样，我到处找他。我守候着每个到来的新人。后来，我明白他是不会来的。我看着这群彼此之间已经不再陌生的陌生人。数百张惊讶的、幸福的面孔，现在他们已经过了惊讶和腼腆的阶段，只是忙着闲聊，自得其乐，享受当下。我看着所有这些通过他才联系在一起的男男女女，突然明白了。这真是显而易见的事情：他当然不会来了。他当然不会有一丝一毫做这种事的想法——前来成为众人的关注焦点。

我不再等他。我尽情享受聚会。仅此而已。

下午，尼古拉和茱莉带我们所有人去河里游泳，从村子过去需要步行一个小时。一条长长的纵队出发了。队伍里有老也有少，有头发浓密的也有秃头，有古铜色皮肤也有苍白的皮肤，有肌肉发达的也有一身赘肉的，有穿衣服的也有不穿衣服的。我们走了一个小时，来到河边，河水碧绿，冰凉，泛着矿物气息。亚古斯丁爬到我背上。我走进齐膝深的水里，后来是齐腰深。我趁势让自己没入水里，连带着亚古斯丁一起。他大叫起来。我们俩一起抡开膀子，一直游到一块巨大的岩石旁边。我们爬上石头，登上最高处，发出胜利的欢呼。我看到玛丽也脱掉了衣服，只穿着内裤，跳进水里朝我们游过来，在树影和岩石之间，她那对小小的乳房白皙得令人心动。她用蛙泳姿势飞快地游到我们身边，头发湿淋淋的，脸上露出大大的笑容，明亮，鲜活。她也站到岩石上，就在我们身边，紧紧地贴着我。清新。坚定。超乎寻常地美丽。

晚上有烤肉，滚球游戏，羽毛球比赛，唱歌。亚古斯丁拿出棋盘，跟茱莉的朋友杰拉蒂娜大战了整整一个小时，就在篝火边，在我们的注视下。每个人的脸都被火焰映得通红。有个年轻姑娘弹起了班卓琴。她告诉我们说她叫洁西卡，来自加拿大北部，她曾经在七月里的一天，在卢瓦尔河畔的城堡附近，用她当时租的小汽车载过搭车人。我感觉到玛丽在观察她。玛丽跟我一样想知道他们俩之间是否发生过什么。但她很快跟我一样挥开了这个疑问。她确定这样的疑问已经毫无意义。或许从来就不曾有过意义。

夜色降临，气温骤降。我们再也不愿离开火堆了。

给，有毯子。茱莉一边从还留在原地的人们身边走过，一边说道。

亚古斯丁枕着我的膝盖睡着了。玛丽紧紧靠在我身边。我躺了下来,看见无数星星在我们头顶缓慢地移动着。有些星星渐渐消失在树后。另一些突然出现在夜空的另一头。

瞧,北斗七星出来啦。有人在我旁边说道。

我听出那是杰拉蒂娜的声音,她就躺在茱莉旁边。我盯着她指着的那片漆黑夜空仔细搜寻。我认出了那一小堆星星。就在为我们提供晚饭的那天夜里,苏雅德也给我指出过那些星星。

那边是什么。杰拉蒂娜指着北斗七星旁边的三个小亮点问道。

那是俄利翁,猎户座。茱莉回答。猎户的腰带。腰带上方就是他的躯干。细细的弧形是他的猎弓。我们很快还能看到他的双腿。冬天夜间十点钟就能看到猎户座。夏天就要等上好久。

我寻找着她指的那些亮点。我找到了。

我们等待着。我们看到猎户座的最后几颗星星从树后一颗接一颗地上升。此时,巨人的身姿出现在我的眼前。他拥抱着整片夜空。将我原本觉得随机散落、点缀在天上的那些星星全都汇聚在一起。

没错,看到了吧。能看得这么清楚真是少见。

我想到了我们,在这个周末聚在一起的所有人。我们汇聚在这里,战胜了一切不可能,来到这处偏远无比的山顶。到处都能看到男男女女的身影,到处都有火堆把他们聚集在一起,他们置身于夜空下的每个地方,看着星星,寻找着猎户座,最后在各自的头顶找到那个巨人的身影。我觉得这真是疯狂。

  我想到了搭车人,想到他仍然用双臂扶持我们,以他自己的方式。他紧紧环抱着我们,哪怕身在远方。我想知道他在哪里。他是不是已经远走,又消失在了怎样广阔无垠的地方。

图书在版编目（CIP）数据

搭车人/(法)西尔万·普吕多姆著；张昕译.--上海：上海文艺出版社，2021
ISBN 978-7-5321-7970-1

Ⅰ.①搭… Ⅱ.①西…②张… Ⅲ.①长篇小说－法国－现代 Ⅳ.①I565.45
中国版本图书馆CIP数据核字(2021)第114966号

SYLVAIN PRUDHOMME
Par les routes
Copyright © Éditions Gallimard, 2019
Simplified Chinese edition copyright © 2021 Shanghai Literature & Art Publishing House
All rights reserved.
著作权合同登记图字：09-2020-160

发 行 人：毕　胜
责任编辑：赵一凡
封面设计：万天星

书　　名：搭车人
作　　者：(法)西尔万·普吕多姆
译　　者：张　昕
出　　版：上海世纪出版集团　上海文艺出版社
地　　址：上海绍兴路7号　200020
发　　行：上海文艺出版社发行中心发行
　　　　　上海市绍兴路50号　200020　www.ewen.co
印　　刷：常熟市华顺印刷有限公司
开　　本：890×1240　1/32
印　　张：8.375
插　　页：3
字　　数：127,000
印　　次：2021年8月第1版　2021年8月第1次印刷
Ｉ Ｓ Ｂ Ｎ：978-7-5321-7970-1/I·6320
定　　价：49.00元
告读者：如发现本书有质量问题请与印刷厂质量科联系　T:0512-52605406